MEURTRE
À OLYMPIE

LES AUTEURS

Avec Bayard Éditions,
ils ont participé à la création d'ATHÉNA.

Claude Merle

Il a été l'élève de Georges Duby, un historien célèbre. Professeur d'histoire avant de devenir écrivain, il écrit des pièces de théâtre, des scénarios pour la télévision et des romans. Il adore inventer des histoires, faire vivre à ses personnages des aventures extraordinaires. Il écrit très vite, beaucoup, tous les jours, le matin, le soir…

Laure Mistral

Elle a fait des études de lettres classiques, ce qui veut dire qu'elle connaît le latin et le grec comme sa poche. Elle est maintenant une incollable de la grammaire et des mots d'usage. Elle a même dirigé l'écriture d'un très gros dictionnaire.

Charlotte Ruffault

Elle a été journaliste pour les enfants et a dirigé la rubrique Histoire de *Image Doc*. C'est elle qui a imaginé les séries Mysteria, Marcantour et Athéna. Les histoires qu'elle préfère sont les histoires d'amour avec beaucoup d'action.

Thierry Ségur

Il a fait des études d'art et après un petit séjour chez *Casus Belli,* le magazine des jeux, il s'est fixé sur la bande dessinée, le temps de réaliser quatre magnifiques albums dans le genre « médiéval fantastique ». Il sait tout faire : des gens de près, de loin, des gentils et des méchants, des images d'aujourd'hui et des aventures d'autrefois.

3, rue Bayard, 75008 Paris
Dépôt légal : mars 2000
Loi 49-956 du 16 juillet 1949 sur les publications destinées à la jeunesse

ISBN : 2 227 74903-2

ATHÉNA

MEURTRE À OLYMPIE

Avertissement

Es-tu prêt à basculer dans l'Histoire
et à rencontrer le grand amour ?
Alors, accroche-toi bien, et ne te sépare jamais
de tes armes, car l'aventure que tu vas vivre
est pleine de combats sanglants,
de poursuites infernales, de trahisons et de mystères.
La passion et la gloire sont à ce prix !

BAYARD POCHE

ATHĒNA

Laïs

Iskuros

Elle est la fille du roi de Mélos, une colonie spartiate. Belle et courageuse, elle sait se battre comme un guerrier. Elle est prête à tout pour préserver sa liberté.

Originaire de Thessalie, une province grecque, Iskuros est un lutteur sans pitié.
Il est capable de tuer ses meilleurs adversaires d'un seul coup de poing !

LES HÉROS

Thrasylos

Cimon

C'est l'entraîneur des lutteurs athéniens, qu'il a préparés pour les jeux olympiques. Sévère et exigeant, il ne tolère aucune faiblesse.
Mais c'est aussi un homme honnête et généreux ; un homme sur lequel Cimon pourra compter.

C'est le neveu d'Alcibiade, un des hommes les plus importants d'Athènes. Malgré son jeune âge, il est engagé dans l'armée de son oncle pour combattre les Spartiates. Sa force physique et sa conduite audacieuse le rendent vite célèbre.

LES PERSONNAGES AYANT VRAIMENT EXISTÉ

À la fin du Ve siècle
avant Jésus Christ,
les cités grecques
s'affrontent
pour la domination
de la Méditerranée.
Ce sont les guerres
du Péloponnèse.
Certains personnages
de ce roman sont inspirés
d'hommes qui ont
réellement existé
à cette époque.

Hippocrate

Il est le plus grand médecin grec de son époque. Il aurait écrit des dizaines de traités !
Aujourd'hui, en France, les médecins prêtent encore le *serment d'Hippocrate*, c'est-à-dire qu'ils s'engagent à respecter les règles morales inspirées du médecin grec.

Alcibiade

C'était un homme politique très influent à Athènes, et un grand chef de guerre. Mais il n'a pas hésité à trahir ses amis pour satisfaire ses ambitions. Il était très beau et son charme fascinait même les philosophes. Dans Athéna, il est l'oncle de Cimon.

LE SITE D'OLYMPIE À LA FIN DU Ve SIÈCLE AVANT J.C.

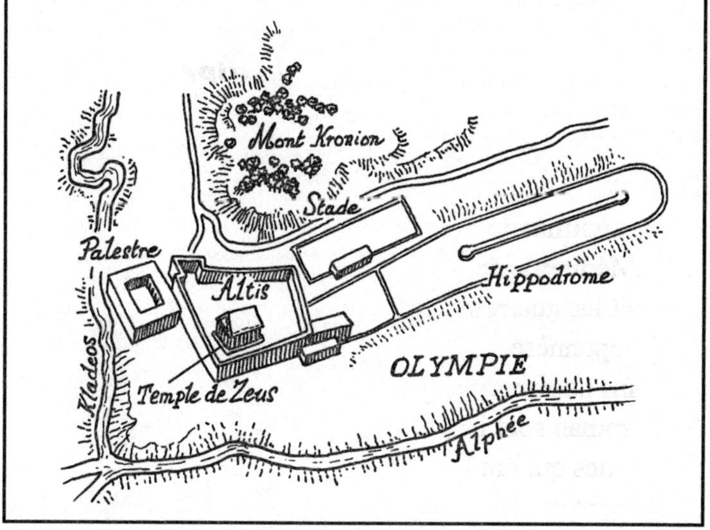

LE MONDE GREC DANS ATHÈNA

1

La guerre entre Athènes et Sparte
continue de ravager la Grèce.
Cimon, un jeune guerrier athénien,
est parvenu à sauver sa cité
de la trahison qui la menaçait.
Mais pour cela il a dû abandonner Laïs,
une jeune Spartiate qu'il aime éperdument.
Les deux adolescents, malgré les rivalités
qui opposent leurs deux villes,
se sont juré de se retrouver...

Une foule immense se pressait à Olympie, au cœur de la Grèce. Tout le monde attendait avec fièvre l'ouverture des jeux olympiques, qui allaient débuter quelques jours plus tard.
À cette occasion, des centaines d'athlètes grecs, venus de villes souvent ennemies, allaient s'affronter.
Depuis dix mois, ils s'entraînaient durement. Mais, ce jour-là, ils s'étaient rassemblés dans la palestre, un grand gymnase, pour assister à un combat étonnant : deux hommes luttaient au centre d'une cour entourée de colonnes. C'était une lutte très dangereuse, appelée le pancrace.

Au pancrace, tous les coups étaient permis : on pouvait briser les membres de son adversaire, et même le tuer s'il refusait de se rendre. Pourtant, ce jour-là, ce n'était pas cette cruauté qui attirait les athlètes : ils étaient habitués à la violence. Ce qui les fascinait, c'était la différence entre les deux lutteurs.

L'un était gigantesque, comme la plupart des lutteurs de pancrace. Il mesurait deux mètres et pesait cent vingt kilos. L'autre n'était qu'un adolescent. Il était grand et musclé pour son âge, mais, à côté du colosse, il semblait si fragile que certains avaient pitié de lui.

– Qui sont ces hommes ? demanda l'un des spectateurs.

Celui qui venait de parler était un homme aux cheveux blancs, somptueusement habillé. À son allure, on pouvait deviner qu'il appartenait à la noblesse d'Élis, la ville chargée d'organiser les jeux olympiques.

– Tu plaisantes ! lui répondit un des athlètes d'un ton familier. Tu ne connais pas Démophon ?

– L'homme le plus fort du monde ! ajouta un autre.

Le personnage aux cheveux blancs secoua la tête :

– Je reviens d'Égypte où j'ai passé un an. Là-bas, on ne connaît pas les athlètes grecs. Et l'autre combattant, qui est-ce ?

– Il se nomme Cimon.

– Il est trop jeune et trop léger pour le pancrace !

s'exclama le noble éléen.

– Il combat avec les juniors, expliqua l'un des athlètes.

Soudain, les spectateurs retinrent leur souffle : Démophon venait de charger Cimon, mais ce dernier s'écarta à temps. Emporté par son élan, le géant ne réussit qu'à frôler son adversaire et le dépassa. Alors Cimon le frappa au creux des reins, lui arrachant un grognement de douleur.

– Il cogne fort, le petit ! apprécia l'un des athlètes.

– Il va se faire tuer ! frémit l'Éléen.

L'athlète qui venait d'admirer le coup haussa les épaules :

– Bof ! Ils sont tous les deux athéniens !

Cette remarque pouvait signifier que les deux lutteurs éviteraient de se blesser parce qu'ils faisaient partie de la même équipe, ou bien que la mort d'un Athénien, à ses yeux, n'était pas une grande perte.

Le noble éléen pencha pour la deuxième explication. Car le combat s'était durci. Le géant, apparemment furieux d'être tenu en échec par un gamin, lui porta un coup terrible. S'il l'avait reçu, Cimon aurait eu la mâchoire brisée ; mais il se baissa avec souplesse. Il détendit son pied droit et frappa Démophon au ventre. Celui-ci en eut le souffle coupé. Il grimaça un sourire féroce.

– Je vais te tordre le cou ! gronda-t-il en tendant les mains vers le jeune homme.

Cimon recula prudemment. Il savait que, si le

géant arrivait à le saisir, il pouvait lui casser les doigts d'une simple torsion.
Les deux adversaires restèrent immobiles. Ils étaient entièrement nus, conformément à la règle olympique. On avait enduit leurs corps d'huile pour protéger leur peau, puis on les avait recouverts de poussière blanche pour assurer les prises. Ainsi, ils faisaient penser à deux statues animées.
Cimon attaqua le premier. Il feinta à droite avant de s'élancer à gauche. Démophon fut pris par surprise. Gêné par son poids, il réagit trop tard. Le poing de Cimon s'écrasa sur son visage.
Les spectateurs applaudirent en connaisseurs cet assaut foudroyant.
Le géant se mit à saigner du nez. Il ferma les yeux et secoua la tête. On le croyait blessé ; en fait, il jouait la comédie. Cimon passa agilement sous les énormes bras de son adversaire et lança une nouvelle attaque aux jambes. Démophon trébucha, cependant il en fallait bien davantage pour le mettre à terre.
Il saisit Cimon à la gorge. L'adolescent se dégagea dans un sursaut désespéré. Sur son cou, les doigts du géant avaient laissé une trace rouge. Le jeune Athénien se mit à tousser, à moitié étouffé. Il sentit la poigne de Démophon lui enserrer les chevilles et le soulever de terre. Suspendu la tête en bas, il poursuivit courageusement le combat. Tandis qu'il criblait de coups de poing le ventre du géant, ce dernier se contenta de ricaner :

– Rends-toi, mauviette !
– Jamais ! Gros porc ! cria Cimon.
– Tu l’auras voulu ! rugit le géant, furieux.
Il fit tournoyer le corps de l’adolescent en s’approchant des colonnes du gymnase pour le briser contre le marbre.
– Arrêtez le combat ! s’écria le noble éléen, effrayé.
Les cheveux de Cimon frôlèrent une colonne.
– Rends-toi ! répéta Démophon.
– Jamais ! s’entêta Cimon.
Le géant prit son élan et projeta son jeune adversaire de toutes ses forces.

2

Au lieu de fracasser Cimon contre les colonnes de la palestre, Démophon le lança par-dessus la tête des spectateurs, de l'autre côté de la cour, dans une vaste piscine réservée aux athlètes. L'adolescent tomba dans l'eau. Quelques secondes plus tard, il émergea en riant. Démophon riait aussi de bon cœur en se tapant sur les cuisses. Stupéfait, le noble éléen comprit que cette lutte terrible n'avait été qu'un jeu.

– Assez de pitreries ! ordonna une voix sévère.

L'homme qui avait crié était presque aussi lourd que Démophon, mais il était plus âgé que lui d'une dizaine d'années. C'était son frère, Thrasylos, l'entraîneur des lutteurs athéniens. Jadis, il avait été lutteur lui aussi. Maintenant, il était beaucoup trop vieux pour le pancrace.

– Il n'est plus temps de s'amuser ! insista-t-il. Les jeux vont commencer, et vous n'êtes pas prêts !

Il bouscula Démophon.

– Je vous ai observés, dit-il. Toi, tu es beaucoup trop lent ! Je t'ai répété cent fois de regarder ton adversaire dans les yeux, de prévoir ses attaques. Tu ne m'écoutes pas ! Tu ne vois jamais rien ! Tu te bats comme un bœuf !
– On ne luttait pas pour de vrai ! protesta Démophon.
– Pour de vrai ? hurla Thrasylos. Il t'a atteint à trois reprises ! S'il avait suivi mes conseils, il t'aurait descendu !
Il se tourna vers Cimon, qui était sorti de la piscine et s'approchait, le corps tout dégoulinant d'huile et de poudre blanche. Il l'empoigna par le bras et le secoua :
– Toi non plus, tu ne m'écoutes pas ! Je t'ai dit de ne pas combattre trop près. Tu es rapide, tu as de la force dans les poings. Tu dois rester à distance, harceler ton adversaire. Surtout lorsque celui-ci pèse cinquante kilos de plus que toi !
– Tu sais, des juniors de cent vingt kilos, le petit n'en rencontrera pas tous les jours ! fit remarquer Démophon, malicieux.
– Oui, mais il en affrontera de plus rapides, rétorqua Thrasylos. Et puis, après tout, tant pis pour vous si vous êtes vaincus ! C'est moi qu'on maudira. Parce que je vous ai choisis ! Je me suis mouillé pour vous, mais vous vous en moquez !
Démophon posa son bras puissant sur les épaules de son frère.
– Je sais, dit-il d'un ton apaisant. Je sais bien que

tu te mouilles pour nous.
Il adressa un clin d'œil à Cimon, puis saisit les épaules de Thrasylos. De son côté, Cimon attrapa les jambes de l'entraîneur. Ils le soulevèrent et plongèrent tous les trois dans la piscine.
Thrasylos en sortit aussitôt, crachant et pestant contre la stupidité des deux lutteurs. Avant de disparaître, il menaça du poing les spectateurs, qui riaient de son bain forcé.
Cimon et Démophon sortirent peu après. Des masseurs les débarrassèrent de leur carapace d'huile et de poussière en raclant leur peau avec un instrument de métal en forme de faucille. Lorsqu'ils eurent fini, les deux lutteurs sautèrent à nouveau dans la piscine. En sortant, Démophon se dirigea vers une salle réservée à l'entraînement, dans laquelle on avait suspendu de lourds sacs de grain. Le géant les bourra de coups si puissants qu'ils ébranlèrent les poutres et la toiture.
Cimon, lui, se sécha et s'habilla. Il sortait du gymnase lorsqu'il fut intercepté par un adolescent appelé Ulysse. Celui-ci accompagnait l'équipe athénienne, car son père était un personnage important.
– Ta sœur veut te parler, murmura Ulysse.
Cimon regarda le visage intelligent du jeune garçon en se demandant s'il se moquait de lui.
– Je n'ai pas de sœur ! grogna-t-il.
– Une fille te demande, s'entêta Ulysse. Elle prétend que c'est grave !

– Tu sais très bien que l'endroit où nous sommes est réservé aux hommes, dit Cimon. Chasse-la !
– Elle est dehors !
– Eh bien, laisse-la où elle est !
– Facile à dire ! soupira Ulysse. Elle est têtue comme une mule. Elle a dit qu'elle t'attendrait toute la nuit !
Cimon tourna le dos à Ulysse. Qu'avait-il à faire d'une fille ! Il contempla la foule des athlètes. Certains d'entre eux étaient de véritables héros. Le cœur du jeune Athénien se gonfla d'orgueil. Maintenant, il faisait partie, lui aussi, de cette foule héroïque.
– Elle s'appelle Loïs ! bougonna Ulysse.
– Laïs ? rectifia Cimon en se retournant.
Ulysse quittait le gymnase.
– Attends ! cria Cimon. Où est-elle ?
– Trouve-la si tu peux ! riposta Ulysse en riant.
Il voulut s'esquiver, mais Cimon bondit sur lui. Il le plaqua contre un mur et le saisit à la gorge.
– Parle ! exigea-t-il.
– De l'autre côté de l'enceinte, près de la porte des Processions, gémit Ulysse.
Cimon le lâcha.
– Méfie-toi, c'est peut-être un piège, l'avertit Ulysse en se tâtant le cou. Qui c'est, d'abord, cette Laïs ?
– C'est ma sœur, tu le sais bien, répondit Cimon en s'élançant vers les murs entourant le gymnase.

3

La nuit était tombée.

Cimon avait attendu l'obscurité pour gagner la porte des Processions, où l'attendait Laïs, car il n'avait pas le droit de sortir de l'enceinte sacrée.

Plusieurs jours avant le début des jeux olympiques, les athlètes y étaient enfermés afin d'éviter les fraudes. En effet, certains concurrents payaient leurs adversaires pour que ceux-ci les laissent gagner. Parfois, ils achetaient les arbitres eux-mêmes. Aussi les juges éléens qui surveillaient les jeux étaient-ils très vigilants.

Les murs qui entouraient le lieu sacré n'étaient pas hauts, mais des soldats éléens veillaient. Si les athlètes sortaient sans permission, ils pouvaient être exclus des jeux. Les entraîneurs étaient responsables de leurs champions. C'est pourquoi Thrasylos avait interdit à ses lutteurs de sortir. « Le premier qui désobéit, je le renvoie à Athènes », les avait-il avertis. Il ne plaisantait pas.

Pourtant, Cimon était décidé à violer l'interdiction. Laïs n'était pas sa sœur, mais la fille qu'il aimait plus que tout au monde. « On peut me chasser, me mettre à mort, songeait-il. Tant pis ! Je dois la revoir. »

Ils s'étaient séparés un an auparavant à cause de la guerre que se livraient leurs cités, Athènes et Sparte. Cimon était athénien, Laïs était d'origine spartiate. Après cette insupportable attente, Cimon avait décidé de rejoindre la jeune fille coûte que coûte. Et voilà qu'elle accourait vers lui la première.

Cimon s'avança vers la porte des Processions. Autour de celle-ci, des lampes brillaient dans la nuit. Cimon resta dans l'ombre pour observer les gardes éléens. Les soldats arrêtaient les rares passants et les interrogeaient.

Il escalada le mur en silence. C'était pour lui un jeu d'enfant : il était bien entraîné. Il atterrit souplement de l'autre côté. À nouveau, il resta immobile, le dos plaqué contre le mur. À l'extérieur, les lampes étaient plus nombreuses, les soldats aussi. Cimon recula vers une zone obscure.

Soudain, une main sortie de l'ombre lui saisit le bras. Il pivota et leva le poing, mais son réflexe de défense se transforma aussitôt en caresse.

– Laïs ! balbutia-t-il.

Ses doigts effleurèrent un ravissant visage aux yeux verts.

– Cimon, enfin ! soupira Laïs en se pressant

amoureusement contre le jeune Athénien. Il y a longtemps, si longtemps que je t'attends !
– Moi aussi, murmura Cimon en admirant la silhouette de la jeune Spartiate.
Sa tunique courte découvrait ses jambes nues, bronzées et musclées.
– Comme tu es belle ! s'exclama-t-il.
Elle s'éloigna de lui et prit un air sévère :
– Tu avais juré de venir me rejoindre !
– J'ignorais où tu étais, plaida-t-il.
Elle haussa les épaules :
– J'étais à Sparte. Je te l'avais dit !
Sous le regard insistant de Laïs, il rougit. L'oncle de Cimon, Alcibiade, qui commandait l'armée athénienne, avait trahi les siens et s'était allié à Sparte. En rejoignant Laïs, Cimon aurait passé, lui aussi, pour un traître. Or il aimait Athènes. Il s'était battu pour sa patrie, pour la sauver de l'invasion spartiate. Il n'avait pas eu la force de l'abandonner.
C'est pourquoi il avait accepté de suivre le dur entraînement des jeux olympiques. « Je profiterai de la trêve sacrée pour revoir Laïs », avait-il calculé. En effet, durant deux mois, les athlètes et les spectateurs qui se rendaient aux jeux pouvaient circuler en sécurité dans toute la Grèce. La guerre continuait à faire rage, mais personne n'aurait osé s'attaquer aux voyageurs d'Olympie, qui étaient sous la protection de Zeus, le plus puissant des dieux.

– Comment savais-tu que j'étais à Olympie ? demanda Cimon.
Laïs sourit :
– C'est Alcibiade qui m'a prévenue. Il m'a assuré que tu serais champion à la lutte, comme lui jadis à la course de chars.
Elle ajouta tristement :
– J'ai cru que tu m'avais oubliée !
– Et, pourtant, tu es venue me rejoindre, constata Cimon d'une voix émue.
Il attira le visage de la jeune fille et pressa ses lèvres sur les siennes.
– C'est dangereux, ajouta-t-il. Tu sais bien que les Éléens ont exclu les Spartiates des jeux cette année, depuis qu'ils ont attaqué leur pays.
Laïs haussa les épaules :
– Je ne pouvais plus vivre sans toi !
– Que veux-tu que je fasse ? demanda Cimon. Que j'abandonne les jeux ?
– Non ! protesta la jeune fille. Je veux que tu sois champion. Je suis fière de toi ! Ton oncle, Alcibiade, aussi.
– Alcibiade est un traître ! grogna Cimon.
– C'est ce que disent ses ennemis.
– C'est-à-dire tous les Athéniens ! précisa Cimon.
– Moi, je ne suis pas ton ennemie, murmura Laïs avec douceur.
– Je sais, mon amour. Mais nous allons être séparés pendant quinze jours.
– Pourquoi séparés ? Fais-moi entrer dans le

stade, supplia-t-elle. Je resterai près de toi. Je pourrai te voir combattre.

– Tu es folle ! s'écria Cimon en la repoussant. Tu sais très bien que le stade est interdit aux femmes, tout comme l'Altis, l'enceinte sacrée. Si on te découvrait, tu serais condamnée à mort. Surtout toi, une Spartiate !

– Je n'ai pas peur ! déclara Laïs d'un air de défi.

– Moi, si, répliqua Cimon. Où loges-tu ?

Laïs fit un geste vague vers l'ouest.

– Près du fleuve Alphée, dit-elle. Pas très loin de la tente de ce jeune champion, ton ami Ulysse.

Cimon éclata de rire :

– Ulysse, un champion ? Un petit menteur, oui !

– Comme tous les jeunes Athéniens, répliqua Laïs d'un air malicieux.

– Chaque jour, Ulysse te remettra un message de ma part, promit Cimon. Et à la fin des jeux, je te rejoindrai. Nous partirons ensemble.

– C'est long, quinze jours ! soupira la jeune fille.

– Ensuite, plus rien ne pourra nous séparer, jura Cimon. À présent, je dois rejoindre mes compagnons.

– Déjà ? s'attrista Laïs.

– Si Thrasylos, notre entraîneur, remarque mon absence, il me chassera.

– Alors, va vite ! Gagne les jeux ! Fais-le pour moi !

– Pour toi ! répéta Cimon en l'embrassant avec passion.

Il s'arracha à ses bras et s'élança vers le mur. Il commençait à l'escalader lorsqu'une ombre colossale parut au-dessus de lui. Cimon se laissa glisser sur le sol et rejoignit Laïs silencieusement.
Quelques secondes plus tard, il vit surgir Démophon. Le géant franchit le mur, puis il disparut en courant dans la nuit.
– Qui c'est ? demanda Laïs.
– Démophon, notre champion, chuchota Cimon.
– Il va peut-être retrouver, lui aussi, la femme qu'il aime, pouffa Laïs.
Cimon secoua la tête :
– Il ne s'intéresse qu'au pancrace.
– Alors pourquoi se cache-t-il ? On dirait qu'il prépare un mauvais coup.
– Démophon ? Tu plaisantes ! grommela-t-il.
Cimon ne supportait pas qu'on critique le géant, qui était son ami et son idole. Pourtant, il ne pouvait s'empêcher de penser que la présence de Démophon hors de l'enceinte sacrée était suspecte, surtout à cette heure de la nuit. « Demain, il m'expliquera », se dit-il en escaladant le mur.
Tout à son bonheur d'avoir retrouvé Laïs, il oublia l'incident. Puis, en regagnant le logis des athlètes, il revit le visage de Démophon. Il ne l'avait aperçu qu'un court instant. Mais comment l'oublier ? On aurait dit que le géant avait peur.
Pour la première fois de sa vie.

4

Le lendemain matin, sous un soleil déjà brûlant, la porte des Processions s'ouvrit solennellement. Quarante mille spectateurs envahirent l'Altis, l'enceinte sacrée, pour assister au défilé olympique.

La procession, grandiose, s'étirait du grand temple de Zeus jusqu'au Bouleutérion, lieu de cérémonie où les athlètes devaient prêter serment. Les prêtres de Zeus marchaient en tête, suivis par la noblesse d'Élis en habits somptueux. Puis venaient les délégations des cinquante cités grecques, avec leurs dignitaires, leurs athlètes et leurs entraîneurs.

Massée des deux côtés du parcours, la foule acclamait le cortège. Chacun applaudissait frénétiquement ses champions.

Dans le vestibule du temple de Zeus se dressait l'immense statue du dieu, toute d'ivoire et d'or. Un énorme troupeau de bœufs mugissait à côté du temple. Les bêtes allaient être sacrifiées à Zeus,

puis grillées sur des feux pour le banquet du soir.
Cimon défilait avec la délégation athénienne, l'une des plus importantes et prestigieuses. Il était si fier et si ému qu'il avait la sensation de baigner dans une ivresse divine. Ni la chaleur ni les insectes qui assaillaient les corps nus des athlètes ne l'incommodaient. Il entendait les chants et les cris. Il marchait au rythme de la musique, oubliant les hommes et le temps qui passait.

Au centre de l'Altis, les platanes et les peupliers diffusaient une ombre bienfaisante. Quand il passa près d'eux, Cimon pensa : « C'est l'ombre de Zeus ! »

Il reprit ses esprits lorsqu'il entra dans le Bouleutérion. Là, les athlètes et les arbitres allaient jurer de respecter le règlement des jeux olympiques.

Comme tous les participants, Cimon leva le bras vers la statue du dieu et prêta serment. Elle était plus petite que celle du temple, mais son visage était sévère. Dans chaque main, Zeus tenait un éclair, symbole de sa puissance et de la terrible punition réservée aux tricheurs.

Ensuite, dans un silence ému, les athlètes se rendirent dans l'immense salle où les attendait un banquet, préparé en leur honneur. Là, ils retrouvèrent leur enthousiasme et commencèrent à échanger des plaisanteries. On aurait dit que Zeus avait effacé les haines entre les cités. Cimon riait avec de jeunes lutteurs de Thèbes et de Corinthe, contre

lesquels il allait bientôt devoir lutter.
Tout à coup, il s'interrompit. Il venait d'apercevoir Thrasylos, son entraîneur, qui avançait vers lui avec un air furieux.
Cimon alla à sa rencontre. Il s'apprêtait à lui demander ce qui le tracassait, quand il réalisa qu'il n'avait pas encore vu Démophon, son ami. Il tenta de découvrir la haute silhouette du lutteur parmi la foule des athlètes, mais Thrasylos lui lança :
– Inutile de chercher, il n'est pas là.
– Voyons, il n'a pas pu disparaître comme ça ! dit un Athénien qui venait de les rejoindre.
Thrasylos haussa les épaules :
– En tout cas, on ne l'a pas enlevé !
– Il aurait fallu une armée, ajouta l'Athénien en riant.
Thrasylos lui jeta un regard sévère :
– Il a quitté l'Altis malgré mes ordres. Il a trahi ma confiance, lui, mon propre frère !
« Il faut que je lui dise ce que je sais », pensa Cimon. Mais il songea aussitôt que, s'il racontait ce qu'il avait vu, il serait obligé d'avouer qu'il avait désobéi, lui aussi, en quittant l'enceinte des jeux. Et Thrasylos le chasserait sans hésiter.
– On l'a peut-être attiré à l'extérieur malgré lui, suggéra-t-il.
L'entraîneur le dévisagea d'un air soupçonneux et lui demanda :
– Tu sais quelque chose ?
– Non, rien, mentit Cimon. Je sais seulement qu'il

rêvait de remporter ces jeux olympiques, et que pour rien au monde il n'aurait pris le risque de se faire éliminer.

– Eh bien, maintenant, son rêve est brisé ! s'emporta Thrasylos. Même s'il revenait maintenant, il serait disqualifié, car il n'a pas prêté serment.

– Ce n'est sûrement pas de sa faute, plaida Cimon.

– Pas de sa faute ?

– Quelqu'un a pu l'obliger, l'éloigner pour l'empêcher de combattre. Tu sais bien qu'il était le favori de ces jeux.

– Et il se serait laissé faire, têtu comme il est ?

– Il est têtu, c'est vrai, mais il est aussi généreux, et un peu naïf.

Le regard de l'entraîneur se voila de tristesse. Sa colère fit place à une terrible inquiétude. Thrasylos connaissait tous les pièges tendus aux champions pour les empêcher de combattre. On tentait de les acheter ; s'ils refusaient, il arrivait qu'on les fasse enlever, ou qu'on les estropie ! Bien sûr, Démophon était trop fort pour avoir été convaincu par la force. Mais c'était vrai qu'il était naïf, et un adversaire un peu rusé aurait pu facilement le tromper.

– Nous n'avons plus personne, constata un athlète athénien qui se trouvait là.

– Plus personne ? s'étonna Cimon.

– Pour le pancrace. Démophon était sûr de gagner. Sans lui, Athènes n'a aucune chance.

Au milieu du silence pesant qui suivit, un rire énorme retentit :
– Alors, mes amis, on a un petit problème ?
C'était Iskuros, un champion originaire de Thessalie. Il était le seul véritable rival de Démophon. On racontait que, pour s'entraîner, il affrontait des taureaux furieux.
Thrasylos se tourna vers lui en grondant :
– Tu fais le malin, maintenant, mais mon frère t'aurait réduit en bouillie !
– Ton frère s'est enfui ! ricana Iskuros. C'est un lâche !

5

L'accusation d'Iskuros était grave : les lutteurs de pancrace devaient ignorer la peur. Ceux qui faisaient preuve de lâcheté au cours du combat ou renonçaient à lutter étaient sévèrement punis devant tous les spectateurs.
Mais celui qui était vainqueur parce que son adversaire s'était enfui était lui aussi humilié. On appelait sa victoire « une victoire sans poussière », c'est-à-dire une victoire sans gloire. N'ayant pas combattu, il ne serait jamais sûr d'être le plus fort. C'est pourquoi Iskuros était en rage. Toutefois, ce n'était pas une raison pour insulter les Athéniens.
Furieux, Cimon se dressa pour frapper la brute, mais Thrasylos le retint :
– Reste tranquille ! Cet homme a raison : Démophon nous a tous déshonorés !
Iskuros sourit méchamment. Il était réellement monstrueux, encore plus que Démophon : ses cheveux étaient rasés, le haut de son front formait

deux bosses, comme celui des taureaux, ces taureaux qu'il affrontait par jeu.
Les muscles de ses épaules et de son poitrail étaient si gonflés qu'ils écartaient ses bras vers les côtés. Une épaisse fourrure noire recouvrait son corps ; on aurait dit un ours.
Cimon contempla avec dégoût les petits yeux cruels du Thessalien. « Il a forcé Démophon à s'enfuir », songea-t-il en se rappelant le visage effrayé de son ami. Il chassa aussitôt cette pensée de son esprit : Démophon n'avait jamais eu peur de rien.
Pourtant, ce soir-là, Démophon avait semblé terrorisé. Mais par quoi ?
Iskuros leur tourna le dos. Des larmes de honte emplirent les yeux de Cimon. « Comme je voudrais être aussi fort que Démophon ! se dit-il. Je briserais cet ignoble porc ! »
En attendant, Cimon allait combattre contre les juniors de son âge. Il ne s'agissait pas pour eux de pancrace, mais d'une lutte beaucoup moins violente. Dans cette discipline, Cimon était de loin le meilleur. Pendant le mois d'entraînement qu'il venait de subir à Élis, il avait terrassé tous ses adversaires. Il se jura de montrer sa force et de rapporter à Athènes la couronne olympique.
Il commençait à s'éloigner lorsque Thrasylos l'interpella :
– Petit, approche !

Cimon vit que l'entraîneur était bouleversé, comme lui-même.
– Regarde-les, ces vautours ! murmura-t-il.
Il désigna la foule des athlètes étrangers qui les regardaient avec un mélange de pitié et de moquerie, puis se tourna vers l'adolescent :
– Veux-tu combattre ?
Cimon le dévisagea, stupéfait.
– Bien sûr ! s'exclama-t-il.
– À la place de Démophon, précisa Thrasylos d'une voix étouffée.
Cimon tressaillit. Lutter à la place de Démophon ! Affronter des colosses de la taille d'Iskuros ! Thrasylos se moquait de lui, ou bien il était devenu fou !
– Tu as peur ? demanda l'entraîneur.
– Oui, avoua Cimon.
Thrasylos hocha la tête. Après un long moment de silence, il se mit à parler, d'un air rêveur, comme s'il s'adressait à lui-même :
– C'est le seul moyen de prouver que les Athéniens ne sont pas des lâches. Tu es bon lutteur, l'un des meilleurs que j'ai connus. D'autres, dans notre équipe, sont plus puissants que toi, mais aucun n'est aussi rapide, ni aussi agile. Si tu fais ce que je t'ai enseigné, tes adversaires ne pourront pas te toucher.
Cimon avait souvent observé les champions de pancrace. Ils étaient cinquante, au départ. Un mois après, ils n'étaient plus que huit, en comptant

Démophon. Les autres avaient été blessés, estropiés pendant l'entraînement. Ceux qui restaient étaient d'une force prodigieuse et avaient bénéficié d'un régime spécial. Ils étaient gavés de viandes de bœuf et de porc qui fortifiaient leurs muscles, tandis que Cimon était nourri de bouillie de froment et de figues.

– Je ferai ce que tu désires, décida-t-il brusquement.

Cimon savait qu'il risquait sa vie, mais il ne pouvait pas laisser insulter Athènes.

– Tu es bien sûr ? s'inquiéta Thrasylos.

Cimon hocha la tête en souriant. Le visage de Thrasylos s'illumina.

– Écoutez ! cria-t-il de manière à être entendu par tous les athlètes, les juges et les arbitres présents. Cimon va lutter à la place de Démophon !

– Ce moustique ? s'esclaffa Iskuros. Allez, minus, retourne chez ta mère ! Ne défie pas les dieux !

– Tu as peur ? lança Cimon avec un sourire provocant.

Les Athéniens entourèrent le jeune champion pour le féliciter. Parmi eux, il y avait les riches invités qui avaient fait le voyage pour assister au triomphe de Démophon. « Cimon sera écrasé, pensaient-ils. Mais son courage et sa gloire rejailliront sur Athènes. »

Cimon vit qu'Iskuros le contemplait, furieux. Il n'eut pas le temps de s'interroger sur cette haine manifeste, car Ulysse fit irruption dans la salle des cérémonies, où il n'avait pourtant pas le droit d'entrer. Il fallait qu'il eût une bonne raison pour désobéir ainsi aux règles et bousculer les gardes éléens. En voyant le visage bouleversé du jeune garçon, Cimon pensa d'abord qu'il était arrivé un malheur à Laïs.

Ulysse se précipita vers Thrasylos.

– Démophon est mort ! balbutia-t-il.

– Mort ? s'écria Thrasylos en se levant brutalement.

– On a retrouvé son corps, sanglota Ulysse. Complètement écrasé !

6

Thrasylos était blême, il tremblait de tous ses membres. Les athlètes de l'équipe athénienne entourèrent Ulysse en le harcelant de questions :

– Qui t'a dit que Démophon était mort ?

– Je l'ai vu, soupira Ulysse

– C'était lui ? Tu es sûr ?

– Sûr et certain. Je l'ai bien reconnu, malgré son visage écrasé.

– Les lâches ! Ils ont dû se mettre à plusieurs pour le massacrer !

– Toute une armée !

– Il y avait d'autres victimes ?

– Non, il n'y avait que lui, dit Ulysse. Les gardes éléens pensent qu'on l'a attiré dans un piège. Il a été tué à coups de pierre. Autour de lui, les rochers étaient tachés de sang.

– J'espère qu'on retrouvera ces misérables ! rugit un athlète. Regardez Thrasylos : le pauvre homme ne s'en remettra jamais !

L'entraîneur se laissa guider par Cimon dans un coin. La tête entre les mains, il pleurait la mort de son frère. Et tout le monde respectait son chagrin.
Après midi, l'entraînement recommença dans la palestre. Assis sur un banc de pierre, Cimon observait ses futurs adversaires, tous plus effrayants les uns que les autres. « Lequel des sept vais-je affronter en premier ? » se demandait-il. Impossible de savoir, car les combattants étaient tirés au sort au milieu du stade olympique.
Sur le sol de la palestre il y avait un rectangle de brique rouge au milieu du sable. Sa surface rugueuse empêchait les lutteurs de glisser, mais déchirait la peau de ceux qui tombaient.
Chaque lutteur s'entraînait avec un membre de sa propre équipe. Cimon se souvint tristement de son combat contre Démophon, livré quelques jours auparavant.
En regardant les autres, il réalisait que Démophon aurait pu les battre sans peine. Tous, même Iskuros. Ils étaient puissants, mais beaucoup moins bien entraînés que lui. « Je suis sûr qu'on a assassiné Démophon pour l'empêcher de combattre ! » explosa-t-il intérieurement.
Thrasylos s'approcha de Cimon. Il avait les traits creusés, et ses yeux étaient rouges.
– J'ai bien réfléchi, soupira-t-il. Tu ne peux pas faire ça !
– Ça, quoi ? demanda Cimon.
– Combattre ! C'est trop dangereux !

Cimon le dévisagea avec incrédulité :
– Tu voudrais que j'abandonne maintenant ? Après avoir persuadé les juges, défié nos adversaires ? Tu voudrais me faire passer pour un lâche ?
– J'ai déjà perdu mon frère, je ne veux pas perdre aussi un ami ! s'entêta Thrasylos.
– Il fallait y penser avant ! grogna Cimon. Maintenant, je ne peux plus reculer. Et tu le sais bien !
Comme il voulait se redresser, Thrasylos le força à rester assis.
– Attends !
L'entraîneur fit signe à Ulysse, qui était auprès des athlètes. Le garçon accourut.
– Dis-lui ! ordonna Thrasylos.
– Les Éléens pensent que l'assassin de Démophon est ici, déclara Ulysse. Le coupable nous observe en ce moment même peut-être.
Cimon haussa les épaules :
– Je sais bien !
– Cela signifie que tu es menacé, toi aussi, conclut Thrasylos.
– Moi ? s'étonna Cimon. Je ne fais peur à personne !
– C'est ce que tu crois, rétorqua Thrasylos. En fait, tu es devenu le véritable héros des jeux olympiques. Si jeune, affronter les plus grands champions ! Mais si, comme je le pense, Démophon a été assassiné pour qu'Athènes soit vaincue, tu

risques d'y passer à ton tour. Les autres te haïssent. Il suffit de voir leurs yeux.
– Ils ne me font pas peur ! grogna Cimon. Si l'assassin de Démophon est parmi eux, je lui ferai payer son crime !
En vérité, la peur lui nouait le ventre ; mais il n'abandonnerait jamais ; ça, non, jamais !
– Comme tu voudras ! soupira Thrasylos.
La mort de son frère avait brisé la volonté de cet homme sévère.
– Toi, ouvre l'œil ! ordonna-t-il à Ulysse.
Le jeune garçon fit un signe entendu. Il sortit du gymnase et longea l'enceinte de l'Altis. Seul de toute la délégation athénienne il avait le droit de sortir. Il avançait lentement, comme s'il attendait quelque chose. Tout en marchant, il s'approcha du stade olympique. Il entendit des hurlements : les jeux avaient commencé. C'était le premier jour, consacré à la course à pied.
Au lieu de pénétrer dans le stade, Ulysse revint sur ses pas. Il contourna le temple de Zeus et traversa le jardin où poussait l'olivier sacré. L'arbre avait été planté, disait-on, par le demi-dieu Héraklès. Ses rameaux, coupés avec des ciseaux d'or, servaient à tresser les couronnes dont on coiffait les vainqueurs des jeux.
Ulysse s'immobilisa brusquement. Il avait aperçu ce qu'il cherchait. Devant lui évoluait une étrange silhouette drapée dans un vaste manteau blanc qui l'enveloppait de la tête aux pieds. Sous ce man-

teau, on devinait un homme énorme. Il marchait courbé en deux en se balançant de côté.

Ulysse le suivit en prenant soin de ne pas se faire remarquer. Quand l'homme atteignit la porte de l'Altis, les gardes lui adressèrent un salut amical. Sans répondre, il s'engagea sur la pente qui menait vers l'Alphée, un des fleuves d'Olympie, qui pendant l'été était presque à sec.

La silhouette blanche longea la berge. Des centaines de tentes se dressaient au bord du fleuve. Sur des foyers maçonnés rôtissaient des poulets et des quartiers de mouton. On entendait des cris et des chants joyeux. Il y avait surtout des femmes, exclues du stade et de l'enceinte sacrée.

L'homme au manteau blanc traversa le camp des marchands. Durant les jeux, des Grecs venus de tous les horizons installaient à Olympie des baraques de planches et de roseaux. Ils vendaient du poisson, du pain, des fruits, des boissons, des habits, des souvenirs d'Olympie, et toutes sortes d'objets magiques pour guérir les maladies et attirer sur leurs clients la bienveillance des dieux.

Distrait par le spectacle environnant, Ulysse perdit de vue l'homme qu'il poursuivrait. Il parcourut en tous sens le camp des marchands, continua le long du fleuve, revint en arrière ; rien ! Il dut se rendre à l'évidence : l'homme avait disparu. Ulysse s'arrêta en se maudissant de sa curiosité qui lui avait fait perdre sa piste.

Soudain, une main se posa sur son épaule. Il sursauta violemment, pensant qu'il s'agissait du mystérieux individu, et il se trouva face à face avec Laïs.
– Encore toi ! gronda-t-il, vexé d'avoir révélé sa frayeur.
– Je viens t'aider, dit la Spartiate.
Le jeune garçon fit la grimace :
– Je n'ai pas besoin d'aide !
– C'est l'assassin de Démophon que tu surveilles, non ?
– Quel assassin ? Et comment sais-tu que Démophon est mort ? répliqua Ulysse avec un reniflement de mépris.
– Tout le monde en parle déjà, dit Laïs. Et toi, tu crois vraiment que le coupable est cet être difforme qui ressemble à une bête et se cache sous un manteau ?
– Tu rêves ! ricana Ulysse.
– Et ça, c'est un rêve ? rétorqua Laïs en montrant l'énorme silhouette qui se hâtait au loin, le long de l'Alphée.
Ulysse laissa échapper une exclamation de surprise.
– Tu vois bien que tu as besoin de moi ! triompha la jeune fille.
Sans attendre son compagnon, elle se mit à courir sur le chemin à la poursuite de l'homme en blanc.
– Il va nous repérer ! gronda Ulysse en la rattrapant.

Mais le fleuve était bordé de pins immenses. Le sol était papissé de leurs aiguilles qui étouffaient les bruits de pas.

Le soleil se couchait. L'ombre commençait à envahir la vallée et le cours de l'Alphée. À mesure que Laïs et Ulysse s'éloignaient d'Olympie, les tentes s'espacèrent, puis disparurent. Le chemin était désert. L'homme devint à peine visible.

De temps en temps, il s'arrêtait et se retournait, comme s'il craignait d'être suivi. Les adolescents se dissimulaient alors derrière les pins.

– Tu crois vraiment que c'est lui le meurtrier? répéta Laïs.

– Thrasylos m'a demandé de surveiller tous les suspects, expliqua Ulysse. Or, cet homme-là, je l'avais déjà aperçu dans l'Altis. Il tournait autour des athlètes. On aurait dit qu'il se cachait. Sur le moment, il m'a plutôt fait rire. Mais maintenant il me fait froid dans le dos.

– Pourquoi ne le dénonces-tu pas aux soldats ?

– Je ne sais pas s'il est dangereux, s'impatienta Ulysse. C'est peut-être un pauvre bougre. Je l'ai à l'œil, c'est tout. Thrasylos m'a ordonné de veiller…

– Veiller sur quoi ?

– Sur Cimon, avoua Ulysse. Il croit qu'il est en danger.

– Cimon ? s'exclama Laïs.

– Il a disparu ! s'écria soudain Ulysse. L'assassin ! Je ne le vois plus !

Ils avaient atteint une colline formée d'un amas de roches qui ressemblaient à des ruines. La silhouette blanche avait disparu. Ils s'approchèrent avec prudence des rochers. Brusquement, Ulysse serra si fort le poignet de la jeune fille qu'elle retint un gémissement de douleur.
– C'est là !
– Là, quoi ? demanda-t-elle.
– Là où Démophon a été assassiné ! balbutia le garçon.
Soudain, un cri déchirant retentit derrière eux.

7

– Reste là ! ordonna Laïs à son compagnon.

Elle se précipita vers l'endroit d'où venait de jaillir le cri d'épouvante. Percevant des gémissements de souffrance, elle s'approcha du bord du fleuve et aperçut une forme menue qui s'agitait sur un rocher plat. C'était un enfant.

– Ne bouge pas, j'arrive ! lança la Spartiate.

Elle sauta de la berge dans l'eau peu profonde.

– Vite ! supplia l'enfant.

– Me voilà, murmura Laïs en se penchant sur lui.

L'enfant devait avoir huit ou neuf ans. Il était blessé à la jambe.

– Qu'est-ce qui t'est arrivé ?

– Le monstre ! bégaya le blessé. Il était là !

Laïs fronça les sourcils :

– Quel monstre ?

– Il est énorme ! sanglota l'enfant. J'ai vu ses yeux. Il allait me dévorer !

– Il t'a frappé ?

– Oui ! Enfin, non, avoua l'enfant. J'ai eu peur. Je suis tombé.

Il regarda autour de lui avec terreur et se mit à trembler.

– Il est encore là, chuchota-t-il.

– Je vais te ramener, promit Laïs d'une voix rassurante. Tu crois que tu peux marcher ?

L'enfant essaya de se relever, mais il retomba en gémissant. Sa cheville droite était enflée et son genou en sang.

– Ça ne fait rien, dit Laïs. Accroche-toi bien à mon cou.

Elle prit le blessé sur son dos et escalada la berge. Arrivée au sommet, elle appela Ulysse à voix basse pour ne pas alerter l'agresseur du petit garçon. Comme Ulysse ne répondait pas, Laïs pensa qu'il avait retrouvé la piste de l'homme au manteau blanc. « Pourvu qu'il ne commette pas d'imprudence », se dit-elle. Cependant, rien ne prouvait que l'inquiétant personnage fût l'assassin.

– Dépêche-toi ! supplia l'enfant en talonnant les reins de la jeune fille.

– Dis donc ! Je ne suis pas un cheval ! gronda-t-elle.

La nuit était tombée. Saisie d'une étrange appréhension, Laïs reprit sans tarder le chemin d'Olympie, ployant sous son fardeau.

Au bout d'une demi-heure de marche pénible, elle entendit une grande rumeur : un champion d'Argos avait remporté toutes les courses. En sortant du stade, les spectateurs, surexcités, chantaient et s'interpellaient bruyamment.

Laïs se sentit rassurée ; l'enfant aussi. Oubliant sa cheville blessée, il riait. Il guida la jeunc fille vers une belle demeure, proche de l'Altis.

– C'est là que tu habites ? demanda Laïs, impressionnée.

– Mais oui ! Je m'appelle Asimos. Mon père est sénateur d'Élis. C'est le maître des jeux, dit-il avec fierté.

– Tu es bien lourd, Asimos ! fit remarquer Laïs en reprenant son souffle.

– Je suis fort pour mon âge, fanfaronna l'enfant. Bientôt, je deviendrai un champion, moi aussi.

Elle le déposa devant la maison du sénateur.

– Aïe ! cria Asimos.

Deux serviteurs accoururent et transportèrent l'enfant à l'intérieur. Laïs voulut repartir, mais le père d'Asimos sortit de la maison et la retint. C'était un homme sympathique, et d'une noble apparence. Quand il invita Laïs à entrer, elle n'osa pas refuser.

La demeure lui sembla d'un luxe extraordinaire. À Sparte et à Mélos, les gens évitaient d'étaler leur richesse de cette façon.

Ils s'assirent dans une cour ornée de fleurs magnifiques.

– C'est elle qui m'a sauvé du monstre ! cria Asimos, qui passait dans les bras d'un esclave.

– Je sais, dit le sénateur en réprimant un sourire incrédule.
Lorsque l’enfant eut disparu, il tourna vers Laïs un visage soucieux :
– Qu’est-ce que c’est, cette histoire de monstre ?
– En fait, il s’agit d’un bien étrange personnage, expliqua Laïs.
Elle décrivit l’homme au manteau blanc, sans avouer qu’on le soupçonnait du meurtre de Démophon.
– En attendant de savoir qui est cette créature, allez chercher Hippocrate, le médecin, pour examiner l’enfant, ordonna le sénateur à ses serviteurs.
Puis il dévisagea la jeune fille avec amitié :
– Comment te remercier ? Dis-moi, d’où viens-tu ? Tu n’es pas éléenne, n’est-ce pas ? Ton accent est étranger.
Laïs faillit lui dire qu’elle était d’origine spartiate. Mais elle se ravisa : Sparte était ennemie d’Élis. Saisie d’une inspiration subite, elle répondit :
– Je suis la sœur d’un jeune athlète.
– Vraiment ? Je le connais certainement. Quel est son nom ?
– Il s’appelle Cimon, il est lutteur.
– Cimon d’Athènes ! s’exclama le sénateur. Le remplaçant de Démophon ?
Laïs acquiesça, mais elle sentit soudain son sang se glacer :
– Le remplaçant ! Vous voulez dire que Cimon va combattre à sa place ?

– Tu n'es pas au courant ? s'enflamma le sénateur. Ton frère est un véritable héros. C'est la première fois depuis trois cents ans que les jeux olympiques existent qu'un junior va participer au pancrace. Il affrontera les hommes les plus robustes et les plus dangereux de toute la Grèce. Nous avons longtemps hésité avant de qualifier Cimon. Certains pensent que c'est une véritable folie.
– Une folie, oui ! murmura Laïs, consternée.
– Moi, j'ai vu combattre ton frère bien des fois depuis un mois. Je peux te dire qu'il est rapide et fort, très fort. J'admire son courage. Tu l'ignores sans doute, mais je suis l'un des dix juges d'Élis chargés de veiller sur les épreuves. J'ai ordonné aux arbitres d'être très sévères. Ils protégeront Cimon. Dans les limites des règles, bien entendu. Le reste dépend de Zeus !
Depuis quelques instants, la jeune fille n'écoutait plus le sénateur. Elle avait peur pour Cimon. Il courait un double danger : les lutteurs de pancrace étaient de vrais tueurs, et puis il y avait cet homme mystérieux, cet assassin. Elle songea soudain à Ulysse, qu'elle avait complètement oublié. Il était peut-être en danger, lui aussi.
Elle se leva brusquement et prit congé du sénateur en promettant de revenir le lendemain pour prendre des nouvelles d'Asimos.
Elle courut vers sa tente, qu'elle partageait avec deux autres femmes, près de l'Alphée. Laïs les

questionna, mais ses compagnes n'avaient aucune nouvelle d'Ulysse.

Elle s'élança vers la tente du jeune Athénien. « Il aurait pu m'avertir que Cimon allait remplacer Démophon ! » ruminait-elle. Elle était furieuse contre lui.

Dans la tente, elle trouva quatre adolescents endormis. Elle les réveilla, mais Ulysse ne se trouvait pas parmi eux, et aucun d'entre eux ne l'avait revu depuis qu'ils s'étaient séparés, trois heures auparavant. Il était près de minuit. Laïs fut prise d'une angoisse terrible : Ulysse n'avait pas répondu à ses appels, et il avait disparu à l'endroit même où Démophon avait trouvé la mort. Elle songea à l'effrayant personnage au manteau blanc. « Et si c'était vraiment lui, le meurtrier ? » songea-t-elle en frissonnant.

8

Le lendemain du soir où Laïs et Ulysse avaient suivi le mystérieux personnage de l'Alphée, Cimon assistait aux épreuves des jeux olympiques. Pour récompenser son courage, les juges d'Olympie l'avaient placé dans la tribune réservée aux nobles éléens et aux invités d'honneur.

Assis sur les gradins de pierre, sur le versant sud du mont Kronion qui dominait le stade olympique, Cimon contemplait la foule des vingt mille spectateurs. Tous, ils hurlaient et trépignaient pour encourager leurs champions malgré la chaleur écrasante du soleil. Comme dans l'Altis, personne ne devait porter de chapeau, par respect pour les dieux. De temps en temps, un homme tombait, victime d'insolation.

Sur la piste, la finale de la course approchait. Au début de l'après-midi, plusieurs centaines de concurrents s'étaient affrontés. Maintenant, ils n'étaient plus que dix, les autres ayant été éli-

minés. Le public admirait les corps musclés et bronzés des coureurs. À Olympie, la beauté des athlètes était un critère obligatoire, sauf au pancrace.
Trois juges éléens surveillaient l'épreuve du haut de sièges surélevés. Près de la ligne d'arrivée, devant un autel consacré à Zeus, deux arbitres se préparaient à désigner le vainqueur.
La piste mesurait cent quatre-vingt-douze mètres. On disait que c'était le demi-dieu Héraklès qui l'avait tracée.
Le crieur leva le bras pour réclamer le silence. Aussitôt, les vingt mille spectateurs se turent.
Soudain, Cimon sentit une main puissante lui broyer l'épaule. Il reconnut Iskuros, qui s'était glissé silencieusement à côté de lui.
« Que fait-il dans la tribune d'honneur ? » s'étonna Cimon. Puis il se souvint que le Thessalien avait été plusieurs fois couronné au cours d'autres jeux sacrés, avant de participer aux jeux olympiques. Il avait droit à ce privilège.
– Écoute, petit, un conseil : abandonne ! murmura Iskuros. Ne risque pas ta vie pour rien !
Cimon nota le regard dur et le ton menaçant de son adversaire. « Comment ose-t-il me dire ça ? » s'indigna-t-il.
Il vit que les juges et les invités, passionnés par la course, ne faisaient pas attention à eux.
– C'est ce que tu as dit à Démophon ? demanda-t-il avec véhémence.

Le géant accusa le coup. Ses yeux se mirent à briller de fureur.

– J'aurais voulu affronter Démophon, gronda-t-il. Il m'a vaincu à deux reprises, il me devait une revanche.

– Cette revanche, tu n'as qu'à la prendre contre moi, le défia Cimon.

Pour toute réponse, Iskuros ricana avec mépris.

– C'est ma jeunesse qui te fait peur ? demanda Cimon.

– Elle me fait pitié, rectifia le géant.

– Alors, pourquoi viens-tu me menacer ?

Tout en disant cela, Cimon examinait le visage de la brute, son front buté, ses yeux cruels.

– Tu l'as tué, n'est-ce pas ? lança-t-il.

– Qui ? s'étonna Iskuros.

Lorsqu'il comprit qu'il s'agissait de Démophon, rouge de colère, il leva son poing énorme, prêt à écraser Cimon.

À ce moment, les coureurs atteignirent la ligne d'arrivée, et le public se dressa en criant à tout rompre. Les arbitres désignèrent le vainqueur : c'était un jeune Corinthien. Son front fut ceint d'un bandeau rouge en attendant d'être couronné. Les spectateurs applaudirent frénétiquement. La course était le plus noble de tous les sports pratiqués aux jeux olympiques. Le champion devenait célèbre, car il donnait son nom aux jeux de cette année-là.

Quand Cimon se retourna, Iskuros avait disparu.

Il n'avait pas osé le frapper. S'il l'avait fait, ils auraient été éliminés tous les deux.
« Un jour prochain, il le fera, pensa Cimon. Il essaiera de me tuer. » Pourtant, il ne regrettait pas d'avoir défié la brute.

9

Laïs n'avait pas fermé l'œil de la nuit. Dès l'aube, elle se mit à la recherche d'Ulysse.
L'immense village de tentes s'éveillait déjà : les commerçants ouvraient leurs boutiques, des porteurs d'eau, chargés d'outres, proposaient de l'eau fraîche puisée aux sources du mont Kronion. La ville manquait d'eau potable, les deux fleuves d'Olympie, l'Alphée et le Kladéos, étant presque à sec.
Comme la veille, Laïs suivit la berge de l'Alphée. Sous le soleil, la vallée avait perdu son aspect inquiétant. L'herbe était verte. On entendait les clochettes des moutons qui broutaient sur les pentes voisines.
Arrivée à l'endroit où elle avait trouvé Asimos, elle vit venir à elle Ulysse, qui semblait tout joyeux.
– Où étais-tu passé ? demanda-t-elle avec sévérité. J'étais morte d'inquiétude !

Pour toute réponse, Ulysse brandit un étrange objet de cuir à l'armature de cuivre.
– Qu'est-ce que c'est ? demanda Laïs.
– On dirait le collier d'un animal.
– Ça, je vois bien ! s'irrita la jeune fille.
– J'ignore pourquoi, mais notre homme le cherchait. Et je crois qu'il donnerait cher pour le récupérer !
– L'assassin ?
– Lui-même ! confirma Ulysse. Je l'ai vu explorer la colline une grande partie de la nuit. Il avait une lampe. Lorsqu'elle s'est éteinte, il a regagné Olympie. Je l'ai suivi. Les gardes l'ont laissé entrer dans l'Altis, mais moi, ils m'ont repoussé : je n'ai pas accès à l'enceinte sacrée une fois la nuit tombée. Je me suis dit : « Vilain monstre, tu ne perds rien pour attendre ! » Ce matin, je suis revenu pour fouiller parmi les rochers. Ma curiosité a été récompensée : dans un creux, j'ai trouvé ça !
Il brandit fièrement le collier.
– C'est n'importe quoi ! s'exclama Laïs en levant les yeux au ciel.
– Je te dis que c'est ce qu'il cherchait ! s'emporta Ulysse. Regarde : les lanières de cuir qui l'attachaient ont été déchirées. Le cuivre est tordu, pourtant il est tout neuf ! Démophon lui a peut-être arraché le collier en se battant contre lui ou contre son chien, je ne sais pas, moi !
Laïs haussa les épaules :

– Tu l’as bien regardé ? Notre homme est à moitié infirme, il a du mal à marcher. Et c’est lui qui aurait massacré un géant du pancrace ?

– En tout cas, c’est bien ce qu’il cherchait, s’entêta Ulysse. Ça, j’en suis sûr ! Pour retrouver ce collier, il se cache, il vient en pleine nuit. Il a peur d’être surpris, c’est sûr ! Je ne sais pas comment, mais ce collier l’accuse. C’est lui l’assassin, j’en mettrais ma main à couper !

– Nous verrons bien, dit la Spartiate. J’ai un témoin.

Elle raconta à Ulysse comment elle avait trouvé et ramené chez son père Asimos blessé.

– Je vais montrer le collier à l’enfant, décida-t-elle. Ça lui rappellera peut-être quelque chose.

Ulysse lui confia l’objet.

– Moi, je vais questionner les gardes, dit-il. Ils ont l’air de connaître le monstre.

Ils reprirent ensemble le chemin d’Olympie.

– Tu ne m’avais pas dit que Cimon devait combattre à la place de Démophon, lui reprocha Laïs, l’air sombre.

Ulysse secoua la tête :

– Je pensais que tu étais au courant.

– Comment l’aurais-je su ?

– On ne parle que de ça à Olympie !

– Il faut absolument que je le voie ! s’écria Laïs.

Ulysse ouvrit des yeux effarés :

– Qui ça ? Pas Cimon ? Il doit lutter demain, il ne peut pas sortir.

– Moi, je peux entrer ! rétorqua-t-elle.
Ulysse se mit à rire :
– Tu plaisantes !
– Pas du tout ! Et tu vas m'aider, décréta Laïs.
– Tu es complètement folle ! s'écria Ulysse. En tout cas, moi, je ne suis pas assez fou pour risquer ma peau !
– Ta précieuse peau ne craint rien, railla la jeune fille.
– Tu sais ce qui t'attend si tu es prise ?
– Je sais.
– Ils te jetteront du haut de la montagne ! insista Ulysse.
– Cimon est en danger, murmura Laïs. Je dois veiller sur lui.
Ulysse vit des larmes briller sur les cils de la jeune Spartiate. Par fierté, elle tentait de les dissimuler.
– Ce n'est pas ta présence qui le sauvera. Au contraire ! bougonna Ulysse.
– Aide-moi, supplia-t-elle. Ses adversaires sont dangereux. Contre eux, je ne peux rien. Mais il y a aussi cet assassin. Il s'attaquera à Cimon, n'est-ce pas ? Tu as besoin de moi.
Ulysse secoua la tête avec énergie :
– Si j'ai besoin de toi, c'est ici, pas dans le stade.
– Tout ce que je te demande, plaida-t-elle, c'est de me faire entrer avec toi. Ensuite, je me débrouillerai.
– D'accord, capitula Ulysse.
« S'il lui arrive malheur et que Cimon vient à

apprendre que c'est ma faute, il me tuera ! » songea-t-il. On prétendait que les Éléens possédaient un flair particulier pour repérer les femmes parmi l'assistance. Ils avaient des espions partout. Ulysse regarda avec pitié sa compagne, si jeune et si belle, qui mettait ainsi sa vie en péril. « J'ai eu tort d'accepter ! » se reprocha-t-il. Il ferma les yeux.

Si, au lieu de cela, il avait regardé attentivement autour de lui, il aurait aperçu, cachée derrière la boutique d'un marchand, une silhouette blanche aux proportions monstrueuses.

La créature, qui les suivait depuis un moment, s'était arrêtée pour les observer. Caché à moitié par son manteau, son visage mutilé ressemblait à celui d'une statue brisée. Il était aussi froid et immobile que la pierre, excepté les yeux, qui brillaient d'une lueur meurtrière.

L'homme au manteau blanc fit mine de se ruer sur les deux adolescents qui détenaient son collier. Mais, jugeant visiblement qu'il était trop dangereux de les attaquer au milieu de la foule, il poussa un grognement de rage et disparut.

10

Après avoir quitté Ulysse, Laïs se précipita chez le sénateur d'Élis. Pensant qu'elle était venue réclamer une récompense pour avoir sauvé son enfant, il lui offrit de l'argent. La jeune fille refusa, blessée. Le sénateur s'excusa de l'avoir mal jugée.
– Ma maison sera toujours la tienne. Et si tu as besoin d'aide, appelle-moi, n'importe quand, lui dit-il avant de se rendre sur le stade olympique pour présider les jeux.
Une servante conduisit Laïs dans une petite chambre où reposait Asimos, le pied et la cheville bandés. À côté du garçon était assis un homme d'une quarantaine d'années. Il avait une courte barbe noire et un crâne chauve.
À la vue de Laïs, l'enfant s'écria :
– Ah ! voici mon cheval préféré !
– Je vois que tu vas beaucoup mieux ! constata-t-elle en prenant l'air sévère.
– Oh ! non, je souffre beaucoup, gémit Asimos.

L'homme barbu se mit à rire :
– Petit comédien ! Tu n'as plus mal du tout. Ce n'est qu'une entorse. Dans une semaine, tu pourras retourner à l'école.
Asimos prit l'air boudeur.
– Il s'appelle Hippocrate, expliqua-t-il à Laïs. On dit qu'il est le plus grand médecin du monde. Tu parles ! Il m'interdit d'aller au stade, et il veut m'envoyer à l'école. Il n'aime pas les enfants !
– J'aime les enfants, pas les caprices, rectifia le médecin. C'est une maladie contre laquelle j'ai mis au point un excellent remède.
– Quel remède ? demanda Asimos, renfrogné.
– Le fouet ! répondit Hippocrate avant d'éclater de rire.
– Tu es Hippocrate de Cos ? demanda Laïs.
– C'est bien moi, confirma le médecin en souriant.
« C'est vrai qu'il est le plus grand médecin du monde », songea Laïs, intimidée. Elle hésita à avouer son origine spartiate. Mais Hippocrate était un homme bon et généreux : elle se dit qu'elle pouvait lui faire confiance.
– Tu as sauvé jadis mon père, le roi de Mélos, dit-elle.
Hippocrate fronça les sourcils :
– Je me souviens ! Il avait reçu un méchant coup d'épée au ventre au cours d'un combat. J'ai dû le recoudre de bas en haut. Comment va-t-il ?
– Les Athéniens l'ont tué, répondit Laïs d'une voix amère.

Pour résister au désespoir qui s'emparait d'elle, elle se tourna vers Asimos et lui montra le collier de cuir :

– Tu as déjà vu cet objet ?

L'enfant lui jeta un regard indifférent.

– Jamais, dit-il. Qu'est-ce que c'est ? Un collier de chien ?

– Peut-être, soupira Laïs, déçue.

Elle allait se retirer lorsque Hippocrate tendit la main :

– Montre !

Elle lui tendit l'objet, qu'il examina avec soin.

– Étrange, murmura-t-il.

– C'est le collier d'un animal, paraît-il, dit la jeune fille.

Hippocrate eut un rire bref :

– Pas exactement. Ce collier a été porté par un homme. Il sert à soutenir les vertèbres du cou. Il s'attache comme ceci.

Il le plaça autour de son cou, mais l'objet était beaucoup trop grand pour lui.

– Un cou énorme, ajouta-t-il. Cet appareil, c'est moi qui l'ai inventé.

– Alors tu connais certainement celui qui le portait ! s'exclama Laïs.

Hippocrate secoua la tête :

– Non. J'ai imaginé la technique. Je l'ai décrite dans mon traité des os et des articulations, mais ce collier-ci n'a pas été fabriqué dans mon atelier. Je ne savais même pas qu'il existait des imitations.

Le cuir de celui-ci est trop mince et le métal trop souple.
– Dommage ! soupira Laïs.
– Mais, si tu veux, je pourrai me renseigner, proposa Hippocrate en la voyant déçue.
– C'est peut-être le collier du monstre, suggéra Asimos en roulant des yeux effrayés.
– Un monstre ? s'étonna Hippocrate.
– L'homme qui a fait peur à Asimos, expliqua Laïs. Une sorte de géant hideux avec une allure étrange. Il marche cassé en deux.
– Un infirme, conclut Hippocrate. Cela pourrait expliquer le port du collier. Mais, dis-moi, pourquoi t'intéresses-tu à lui ?
– C'est peut-être l'assassin de Démophon.
– Démophon ? Le champion de pancrace ? s'exclama Hippocrate, incrédule. Si cet infirme est le meurtrier, Héraklès a dû lui donner un sacré coup de main !
« Quelle idiote je fais », se maudit Laïs.
– Je te quitte, dit-elle en se levant. Il faut que j'aille au stade.
Hippocrate ouvrit des yeux stupéfaits :
– Au stade olympique ?
– Pas dedans, rassure-toi, se reprit Laïs avec un rire forcé.
« Idiote, triple idiote ! » se répéta-t-elle avec rage.
« Drôle de fille ! » pensa Hippocrate en la regardant s'éloigner.

11

Le troisième jour des jeux, une foule immense se pressait sur les talus du stade olympique pour assister aux épreuves de lutte, de pugilat, et surtout de pancrace, le sport le plus populaire en raison de sa férocité.
Laïs s'était mêlée aux spectateurs. Ulysse l'avait aidée à pénétrer dans le stade, puis il l'avait abandonnée.
« Tu auras la frousse ! l'avait-il prévenue.
– Je n'ai jamais eu peur », avait répliqué la jeune fille avec fierté.
Mais maintenant, au milieu de la foule sauvage, elle s'inquiétait pour Cimon. Personne ne faisait attention à elle. Avec ses cheveux courts, lissés avec une huile parfumée, et sa poitrine serrée dans une tunique de lin rigide, elle ressemblait à un garçon.
Autour d'elle, les hommes se bousculaient et s'insultaient, tels des fauves excités par la promesse

du sang. Sous un soleil de plomb, une odeur aigre émanait des corps en sueur.
Soudain, les combattants entrèrent dans le stade. Ils étaient huit, précédés par des arbitres. Laïs n'eut aucun mal à reconnaître Cimon : il était de loin le plus petit et le plus léger des lutteurs. Comme les autres, son corps était pâle, recouvert d'huile protectrice et de poussière blanche.
En les voyant, la foule se tut un instant. Puis une clameur puissante se fit entendre. Au pied des talus, les soldats éléens refoulaient les spectateurs les plus agités, qui répondaient par des cris de défi. Face à Laïs, sur le talus opposé, s'élevait la tribune d'honneur. Trois juges étaient assis sur des sièges surélevés. Ils devaient surveiller le déroulement des épreuves. Parmi eux, la jeune Spartiate aperçut le père d'Asimos. Elle se fit toute petite, craignant d'être reconnue par lui.
Au centre de la piste, les huit lutteurs se tenaient maintenant immobiles. Un crieur s'avança en levant le bras. Aussitôt, les spectateurs firent silence. Le crieur posa la main, tour à tour, sur la tête des huit lutteurs. Il déclama le nom de chacun et la ville pour laquelle il allait combattre. Ensuite, il demanda aux spectateurs si le candidat était apte à concourir. En effet, les étrangers, les esclaves, les sacrilèges et les meurtriers étaient exclus des jeux.
Cette cérémonie terminée, les arbitres désignèrent les adversaires par tirage au sort. Par chance,

Cimon devait affronter le moins fort des sept lutteurs, qui pesait tout de même une bonne vingtaine de kilos de plus que lui. Ancien marin, il avait été surnommé le Pirate.
Cimon essayait de suivre les assauts qui se déroulaient devant lui, mais ses yeux revenaient, malgré lui, à son adversaire. L'homme était relativement petit pour un lutteur de pancrace. Son visage était marqué par les combats : il avait eu le nez écrasé et les oreilles arrachées. « Un homme d'expérience ! » pensa Cimon avec inquiétude.
Le Pirate ne s'intéressait pas, lui non plus, aux autres lutteurs. Il examinait Cimon avec un sourire cruel, comme s'il se disait qu'il n'allait faire de lui qu'une bouchée.
Tout à coup, les hurlements de la foule attirèrent l'attention de Cimon. Iskuros s'était placé en position de combat. Il était le favori, maintenant que Démophon était mort. Cela expliquait la réaction des spectateurs.
Le Thessalien était réellement monstrueux. Il dégageait une impression de force et de brutalité qui faisait frissonner. Son adversaire, un Thrace presque aussi lourd que lui, se tenait à distance.
Enfin, le combat commença. Trois arbitres tournaient sans cesse autour des deux colosses. Pour séparer les combattants, ils se servaient d'aiguillons semblables à ceux qu'on utilisait contre les taureaux.
La foule retint son souffle. Iskuros s'était immobi-

lisé. Il tendit brusquement les bras et, empoignant les mains de son adversaire, il les tordit avec violence. Au milieu du silence, Cimon entendit le bruit horrible des os qui se brisaient, puis le hurlement du Thrace. Sans laisser à son adversaire le temps d'abandonner le combat, Iskuros le frappa à la gorge. C'était un coup dangereux, qui pouvait se révéler mortel. Le Thrace s'écroula.

Les arbitres tentèrent en vain de ranimer le vaincu. Il fut emmené, couché sur une civière.

Pendant ce temps, Iskuros, les bras levés, salua le public qui l'acclamait frénétiquement.

Les vainqueurs devaient quitter le stade. En passant devant Cimon, Iskuros fit exprès de le bousculer. Il cherchait à lui faire peur ; mais, au lieu de l'intimider, cette provocation mit l'adolescent en rage, d'autant que son adversaire, le Pirate, riait en le voyant se rattraper de justesse pour ne pas tomber.

« Assassin ! grogna Cimon. Je te ferai payer la mort de Démophon ! »

12

Le tour de Cimon arriva. Le Pirate se tenait déjà en position de combat : le torse incliné en avant et les mains tendues, prêtes à saisir son adversaire.
Cimon se plaça face à lui, gardant les poings fermés pour protéger ses doigts. Il n'avait pas entendu les acclamations de la foule, ni les cris qui le saluaient comme un héros. Il pensait à Laïs. « Si elle pouvait me voir ! » songea-t-il.
Il pensa à sa propre mort. Il avait peur.
Le Pirate souriait toujours, sûr de sa victoire.
Lorsque l'un des juges donna le signal du combat, Cimon faillit être surpris par l'attaque étonnamment rapide de son adversaire. Instinctivement, le jeune Athénien esquiva d'un bond. Les mains du Pirate le frôlèrent. Emportée par son élan, la brute glissa sur le sable et perdit l'équilibre. Avec la vitesse d'un éclair, Cimon attaqua à son tour, frappant du pied droit la nuque de son adversaire. Le Pirate tomba à genoux.

Le public applaudit avec frénésie l'audace de Cimon, mais surtout sa manière de combattre. Au pancrace, on n'était pas habitué à cette légèreté et cette rapidité : d'ordinaire, les lutteurs étaient lourds et comptaient avant tout sur leur puissance pour écraser leurs adversaires.
Le Pirate se releva. Il ne souriait plus. Rendu méfiant par la vivacité foudroyante du jeune Athénien, il plissait les yeux. Il s'approcha avec lenteur, les mains tendues. Mais, chaque fois qu'il se trouvait à sa portée, Cimon rétablissait la distance qui les séparait. Il tournait de plus en plus vite autour du Pirate, dans un sens, puis dans l'autre. Il savait qu'il ne fallait pas attendre pour frapper, mais il cherchait d'abord à déconcerter son adversaire. Sur le torse puissant de celui-ci, la sueur sillonnait la carapace de poussière. D'un revers de main, le Pirate s'essuya les yeux. C'est l'instant que choisit Cimon pour attaquer : il bondit sur l'homme et, d'un coup de pied, lui écrasa le nez et la mâchoire. Déséquilibré, le Pirate battit l'air de ses bras.
Sans lui laisser le temps de reprendre ses esprits, Cimon se glissa dans son dos et lui assena un coup à la nuque avec ses deux poings réunis. Le Pirate laissa échapper un grognement et mit un genou en terre.
Le stade entier se leva en hurlant pour saluer l'exploit de l'adolescent. Mais Cimon ne céda pas à l'ivresse de la victoire et resta à distance. Il se

rappelait les paroles de Thrasylos : « Méfie-toi des fauves blessés, ce sont les plus dangereux. »
Sur le dos du Pirate, la carapace blanche avait disparu, dévoilant une longue cicatrice. L'homme, habitué aux combats, ne craignait pas la mort. Il se battrait jusqu'au bout.
Le colosse blessé se releva avec difficulté. Il tourna vers Cimon son visage barbouillé de sang. Entendant la foule qui se moquait de lui et acclamait le jeune Athénien, il oublia toute prudence et se mit à charger aveuglément. Une seule chose lui importait : réduire en bouillie le morveux qui le ridiculisait.
Cependant ses assauts répétés ne rencontraient que le vide. Cimon se jouait de lui. Délivré de sa peur, l'adolescent maîtrisait maintenant le combat. Il attendait son adversaire et, à la dernière seconde, il l'évitait. Chaque fois, son poing ou son talon l'atteignait à un endroit sensible.
À ce rythme, le Pirate s'épuisait vite. La sueur et le sang l'aveuglaient, sa respiration faisait un bruit de forge, mais il continuait à charger comme un animal enragé. Sa lenteur l'exposait dangereusement aux ripostes de son jeune adversaire.
Un coup plus fort que les autres l'envoya à terre. Cimon bondit sur le Pirate et lui enserra le cou entre ses jambes, comme le lui avait appris Démophon. Sous cette prise meurtrière, le Pirate tenta de se débattre, puis il perdit connaissance. Cimon relâcha aussitôt son étreinte.

Alors un juge se leva et déclara Cimon vainqueur du combat. La foule se déchaîna. Les arbitres eux-mêmes accoururent pour le féliciter. Au-delà du groupe de ses admirateurs, Cimon vit le Pirate qui essayait de se relever. Il écarta ses amis et s'avança pour aider son adversaire. Le vaincu, terriblement lourd, s'appuya à son épaule. À ce poids écrasant, Cimon mesura l'exploit qu'il venait d'accomplir : il avait terrassé un grand champion. Thrasylos, rayonnant d'orgueil, souleva Cimon de terre et l'emporta vers la palestre au milieu des spectateurs enthousiastes.
Cimon était ivre de joie. Il ne vit pas Laïs, dressée au sommet du stade, son beau visage baigné de larmes de bonheur et de fierté.

13

Au début du combat, Laïs avait tremblé. Mais maintenant que Cimon avait triomphé, elle était folle de joie. Elle pleurait, riait, elle criait avec les autres. Les hommes la bousculaient, lui lançaient de grandes bourrades qui l'envoyaient valser au milieu de la foule.

Soudain, l'un d'entre eux lui saisit le bras, l'attira et se mit à la secouer. Elle se débattit de peur d'être démasquée.

Elle fut soulagée de voir qu'il s'agissait d'Ulysse.

– Qu'est-ce qui te prend? protesta-t-elle en se libérant.

Mais la joie fut la plus forte. Elle s'écria:

– Tu as vu Cimon? Tu l'as vu?

Sans répondre, Ulysse lui reprit le poignet et tenta de l'entraîner.

– Attends! se rebella la jeune fille en se dégageant.

Elle ne voulait pas manquer la suite des combats.

À présent, les lutteurs n'étaient plus que quatre. Lequel des trois autres Cimon affronterait-il ? Elle essaya de se souvenir des autres vainqueurs. Ils étaient tous gigantesques. De nouveau elle eut peur pour Cimon.

Ulysse colla ses lèvres à son oreille pour se faire entendre au milieu du grondement de la foule.

– J'ai découvert l'homme, l'assassin ! murmura-t-il. Viens avec moi !

– Après le combat, s'obstina Laïs.

– C'est là, tout près, à côté du temple de Zeus, dit Ulysse. Nous serons revenus à temps pour voir les lutteurs.

Laïs jeta un regard inquiet sur la piste maintenant déserte.

– Dépêchons-nous ! soupira-t-elle.

Ils sortirent du stade. La foule était si dense qu'ils perdirent de longues minutes à se frayer un chemin jusqu'à la forêt d'oliviers sauvages qui couronnait le talus. De là, ils descendirent vers l'Altis. Après la fournaise du stade, le jardin sacré était un vrai paradis. À l'ombre des immenses platanes et des peupliers blancs régnaient la fraîcheur et le silence.

– À côté du temple de Zeus, répéta Ulysse en précédant Laïs.

Il l'entraîna entre les innombrables statues des champions olympiques.

– Attention ! s'écria la jeune fille en sursautant.

Un homme au visage sauvage se dressait devant

eux. Mais ce n'était qu'une statue, plus réaliste que les autres. Laïs respira. Pourtant le silence qui les environnait lui semblait menaçant. Elle avait envie de retrouver le stade, dont on percevait la rumeur lointaine.

Ils firent le tour du temple de Zeus et entendirent des voix graves qui chantaient à l'intérieur. Ulysse entraîna Laïs dans l'escalier qui menait à la terrasse et à l'immense statue du dieu.

– Personne ! grogna Ulysse. C'est étrange, il était là. On aurait dit qu'il m'attendait.

– Pourquoi n'as-tu pas prévenu les soldats ?

– Qu'est-ce que je leur aurais raconté ? Viens !

Laïs le suivit à contrecœur jusqu'en haut de l'Altis. Ils marchèrent le long des douze monuments renfermant les trésors d'Olympie. Les dons des cités grecques s'accumulaient dans ces petits édifices.

Tout à coup, des gardes surgirent devant eux :

– Halte ! Personne n'a le droit de rôder dans ce lieu sacré !

– Nous ne sommes pas des voleurs ! protesta Ulysse.

– Alors que faites-vous ici au lieu d'être au stade ? demanda le capitaine des gardes, soupçonneux.

– Nous venons remercier Zeus d'avoir accordé la victoire à notre frère, Cimon l'Athénien, expliqua Ulysse.

– C'est devant l'autel de Zeus que tu devrais être !

L'autel du dieu s'élevait en contrebas. Une fumée âcre s'en dégageait encore : c'étaient les viandes des animaux brûlés en l'honneur de Zeus.
– Regardez ! Des éperviers ! s'écria soudain Ulysse en désignant des oiseaux de proie qui s'acharnaient sur la viande sacrée.
– Mauvais présage ! dit l'un des gardes en pâlissant, car la présence des oiseaux signifiait que Zeus refusait les offrandes.
Profitant de l'affolement des soldats, les adolescents s'éclipsèrent. Laïs pensa avec angoisse à Cimon. Au même instant, elle entendit les hurlements de la foule.
– Les combats ont repris ! s'exclama-t-elle avec consternation.
– Il est là ! Regarde ! triompha Ulysse.
Laïs se tourna et aperçut une imposante silhouette blanche au milieu du jardin de Zeus, là où poussait l'olivier sacré planté par Héraklès. Ils coururent dans cette direction.
– C'est lui ! confirma Ulysse. Tu vas voir : il porte autour du cou un collier semblable à celui que j'ai trouvé.
Arrivé dans le jardin, il se précipita vers l'homme, qui se tenait courbé vers le sol, et l'obligea à se relever. Il découvrit le visage stupéfait d'un pauvre jardinier gêné par son collier d'infirme. L'homme était vieux, faible et terrorisé, et son manteau qui le protégeait du soleil était sale et déchiré.

Le jardinier bégaya quelques mots incompréhensibles.
– Un vieil esclave ! C'est tout ce que tu as trouvé ? s'indigna Laïs.
– Regarde ce collier ! C'est le même ! protesta Ulysse. Mais ce n'est pas l'homme qui le portait, celui que j'ai vu ! Je n'y comprends rien !
Laïs haussa les épaules.
– À cause de toi, j'ai manqué le début des combats ! enragea-t-elle.
Elle abandonna Ulysse et se mit à courir en direction du stade.
Resté seul, Ulysse regarda l'Altis avec méfiance. Il était sûr d'avoir aperçu un visage monstrueux, qui n'avait rien à voir avec celui du jardinier. Avec sa façon d'apparaître et de disparaître mystérieusement, le meurtrier l'épouvantait de plus en plus. Ulysse se dirigea lentement vers le stade. L'Altis était déserte. Il n'y avait pas un souffle de vent, pas un insecte. Les chants s'étaient tus. Le stade lui-même était maintenant silencieux. On n'entendait que le vacarme affreux des oiseaux de proie déchirant les viandes sacrées. Cette solitude était oppressante.
Ulysse longea la colonnade du temple de Zeus, comme s'il recherchait la protection du dieu.
Soudain, un bras puissant, sorti de l'ombre, lui encercla le cou. Le garçon voulut crier, mais il n'en eut pas le temps : ses vertèbres craquèrent. Il perdit connaissance et tomba sur le sol.

14

En arrivant au stade, Laïs découvrit une ambiance surprenante. Les spectateurs ne hurlaient plus, ils discutaient entre eux avec animation. De temps en temps, des cris s'élevaient, mais ils n'avaient rien de commun avec ceux qui avaient accompagné les premiers combats.

Laïs avait du mal à traverser cette foule compacte qui, debout, contemplait la piste avec colère et consternation.

– Que se passe-t-il ? demanda-t-elle autour d'elle avec angoisse.

Personne ne lui répondit. Elle ne voyait rien. Elle comprit seulement qu'un lutteur était mort. « C'est Cimon ! » s'affola-t-elle. Désespérée, elle se mit à bousculer les spectateurs. Au milieu de la piste, elle aperçut un groupe d'individus vêtus de noir qui se penchaient sur un corps inerte. Croyant reconnaître son bien-aimé, elle réprima un sanglot. Elle maudit Ulysse de l'avoir entraînée hors

du stade. « Il l'a fait exprès, se dit-elle, pour m'empêcher d'assister au massacre de Cimon ! »
Révoltée, elle se jeta au milieu de la foule. Elle voulait voir le visage de Cimon, étreindre une dernière fois le garçon qu'elle aimait.
Poussés par elle, plusieurs hommes s'affalèrent les uns sur les autres. Un gaillard blond la saisit par le haut de sa tunique.
– Dis donc, gringalet ! Où tu te crois ? grommela-t-il.
– C'est mon frère qui est mort ! cria Laïs en se débattant.
– Polydamas, l'Arcadien ? C'est ton frère ? demanda l'homme en la libérant.
– Polydamas ? Tu es sûr ? Ce n'est donc pas Cimon qui est mort ?
– Le petit Athénien ? Bien sûr que non ! Il a gagné. Mais c'est comme s'il était mort, car il va devoir maintenant affronter Iskuros, le tueur !

15

Au centre de la piste, Cimon regardait les médecins et quatre hommes en noir qui s'affairaient autour de Polydamas. Le malheureux avait affronté Iskuros et le combat avait été bref. Iskuros lui avait d'abord cassé un poignet, puis, comme Polydamas s'était obstiné à combattre d'une seule main avec un courage qui frisait la folie, le Thessalien l'avait soulevé au-dessus de sa tête.
Il le tenait à deux bras, presque sans effort, et le faisait tourner en l'air. La foule retenait son souffle, pensant qu'il allait projeter son adversaire sur le sable pour l'assommer. Mais Iskuros l'avait brutalement abattu sur son genou, lui brisant les reins.
Polydamas était mort sur le coup. La plupart des spectateurs étaient tristes de voir finir ainsi cet homme courageux, qui s'était battu jusqu'au bout. Iskuros levait les bras en signe de triomphe. Son visage dur et orgueilleux semblait défier les spec-

tateurs. Malheur à ceux qui osaient l'affronter !
– Assassin ! criait la foule.
Iskuros grimaça de fureur. Avec ses yeux injectés de sang, il avait l'air d'un fou. Il se tourna vers Cimon et sourit avec cruauté.
– Va-t'en ! grinça-t-il. Le jeu est terminé !
Sa voix était si rauque qu'on comprenait à peine ses paroles.
Tandis que les hommes en noir emportaient Polydamas, Thrasylos profita du désordre qui régnait dans le stade pour s'approcher de Cimon. En principe, les entraîneurs n'avaient pas le droit de pénétrer sur la piste durant les combats.
– Il a raison, dit-il à Cimon. Tu dois abandonner.
– Tu veux que je me couvre de honte ? s'étonna Cimon.
– Il n'y a pas de honte à se retirer, après les exploits que tu viens d'accomplir, plaida Thrasylos. Cette brute n'est pas un lutteur, c'est un tueur !
– Écoute-les ! dit Cimon.
La foule scandait son nom et celui d'Athènes. Elle huait Iskuros.
– Ils se moquent de te voir mourir ! Pas moi. Abandonne ! supplia Thrasylos.
– Et Démophon ?
– Démophon serait de mon avis, lui assura Thrasylos.
Cimon pointa son doigt sur Iskuros :
– C'est lui qui l'a tué !

– Moi ? suffoqua le géant. Menteur !
Il voulut se précipiter sur Cimon, mais les arbitres le maîtrisèrent à l'aide de leurs aiguillons.
– Toi, retourne à ta place. Tu n'as pas le droit d'être là ! dit l'un des juges en repoussant Thrasylos.
Lorsque l'entraîneur se fut retiré, le crieur leva la main. Le silence revint dans le stade. Le crieur proclama la victoire d'Iskuros, puis il annonça qu'il restait deux finalistes pour remporter le titre olympique : Iskuros, le Thessalien, et Cimon, l'Athénien.
Aussitôt, des cris éclatèrent : certains suppliaient Cimon d'abandonner le combat ; d'autres l'encourageaient.
À côté d'Iskuros, l'adolescent paraissait tout petit, mais il ne tremblait pas. Débarrassé en partie de sa gangue de terre, son corps élancé apparaissait beau et bronzé. L'entraînement avait dessiné ses muscles avec une parfaite harmonie.
Le crieur leva à nouveau la main. Dans un silence de mort, l'un des juges éléens s'adressa à Cimon.
– Que décides-tu ? demanda-t-il d'une voix bienveillante.
Pour toute réponse, Cimon tendit le bras vers l'autel de Zeus qui se dressait à l'extrémité du stade. C'était le signe qu'il allait combattre.
Une clameur formidable fit trembler le stade.

16

Avant de livrer leur dernier combat, Cimon et Iskuros regagnèrent la palestre.
Cimon s'étendit sur une table de pierre, recouverte d'une étoffe de lin. Un esclave lissa doucement son corps avec un strigile débarrassant la peau de sa gangue d'huile et de poussière.
Sous la fine couche blanche, les plaies de Cimon apparurent. Elles étaient superficielles : ses coudes et ses genoux étaient écorchés, et sa hanche saignait, car il avait plongé sur le sol à plusieurs reprises pour éviter les coups de son dernier adversaire.
Un autre esclave nettoya sa peau à l'eau tiède, puis il appliqua sur les plaies une pommade calmante et massa les muscles du jeune lutteur.
Tandis qu'on préparait Cimon pour son dernier combat, Thrasylos tournait autour de la table de massage comme un ours en cage.
– Pourquoi tu ne m'as pas écouté ? grondait-il. Ce

Thessalien est un véritable animal. Ah ! Si j'avais dix ans de moins !
– Tu n'aurais pas été assez rapide, riposta Cimon. Ce gros tas d'Iskuros n'arrivera pas à me toucher ! Souviens-toi de Milon de Crotone, que l'on croyait invincible. Il a fini par être battu par un athlète plus petit que lui. Vaincu par épuisement !
Thrasylos hocha la tête :
– Milon était vieux, alors, tandis qu'Iskuros est encore jeune. Quant à celui qui a vaincu Milon, il était bien plus lourd que toi.
– Il n'est plus temps de discuter, dit un juge éléen en les séparant. Le combat doit reprendre.
Les esclaves se hâtèrent de recouvrir d'huile le corps de Cimon, puis ils le saupoudrèrent de sable fin.
Entourés des juges et des arbitres, Cimon et Iskuros reprirent le chemin du stade. Leur entrée prit une allure solennelle. Au son des trompettes, une vingtaine de dignitaires éléens en habits blancs bordés de pourpre ouvrirent le cortège. La foule se mit alors à scander le nom de Cimon. Tous les Grecs l'acclamaient comme un héros, même les ennemis d'Athènes. Par contre, ils huaient Iskuros, dont la cruauté les avait révoltés. Le Thessalien regardait autour de lui en remâchant sa colère.
Une fois encore, le crieur leva le bras pour réclamer le silence. Il présenta les deux champions. Face à Iskuros, Cimon se sentit faiblir.

Maintenant que l'ivresse de ses deux victoires s'était dissipée, la peur se mit à paralyser son corps. « Pourvu que je ne tremble pas ! » songeait-il avec angoisse.
Mourir lui importait peu, mais il redoutait de trahir sa peur. Dans son affolement, il ferma les yeux et invoqua Zeus et Héraklès. Peu à peu, il se calma et crut sentir une force divine s'insinuer en lui.
Lorsqu'il rouvrit les yeux, il vit qu'Iskuros le dévisageait d'un air intrigué. Le juge avait donné le signal du combat, mais Cimon ne l'avait pas entendu. Sans songer à en profiter, Iskuros n'avait pas bougé.
Les deux adversaires continuèrent à s'observer un long moment. Cimon entra en combat le premier. Il fonça sur Iskuros pour le provoquer, mais, au lieu de porter son attaque, il évita le géant. Iskuros n'esquissa pas le moindre geste, comme s'il n'avait pas vu l'action. Quand Cimon l'eut dépassé, il ne se tourna même pas pour faire face à son adversaire. Sa tête était droite. Ses bras pendaient, inertes, le long de son corps gigantesque.
Cette attitude méprisante exaspéra le jeune Athénien. Il bondit et des deux pieds frappa Iskuros au creux des reins. Le colosse étouffa un grognement, mais il ne réagit pas davantage.
– Réveille-toi, grosse barrique ! cria un spectateur.
Un énorme éclat de rire secoua le stade. Iskuros restait immobile.

« Il veut me faire perdre patience, me forcer à commettre une imprudence ! » pensa Cimon. En réalité, face à son jeune rival, le géant se sentait invincible. Il cherchait visiblement à ridiculiser l'adolescent en le laissant s'agiter autour de lui comme un moucheron autour d'un lion.

Tout à coup, Cimon lui assena à l'estomac un coup d'une telle violence qu'il lui coupa le souffle et le fit grimacer de douleur. La force du choc étonna la brute, et encore plus la rapidité de l'attaque. Jusqu'ici, le géant avait fait semblant d'ignorer son adversaire. Cette fois-ci, il ne l'avait pas vu venir.

La foule applaudit bruyamment l'exploit, et elle hua Iskuros. Agacé, celui-ci se tourna enfin vers Cimon.

Le jeune Athénien n'avait plus peur. Il tourna ostensiblement le dos à son adversaire pour le défier à son tour. Il attendit la charge du géant, puis, au moment où l'autre allait le saisir, il se baissa et se jeta dans ses jambes. La brute trébucha et tomba lourdement en avant. Son front heurta le sol.

Cimon s'était dégagé avec agilité. Il se leva et bondit à pieds joints sur la nuque d'Iskuros. N'importe qui d'autre aurait eu les vertèbres brisées, mais le Thessalien était solide comme le roc. C'était un montagnard, habitué à la vie rude et dur à la souffrance. Il se redressa en secouant la tête comme un taureau blessé.

Sans lui laisser le temps de récupérer, Cimon l'atteignit au visage, l'obligeant à s'agenouiller. Puis il effectua la prise de Démophon : il encercla de ses jambes le cou d'Iskuros. C'est ainsi qu'il avait terrassé le Pirate. Iskuros se mit à suffoquer. Cimon resserra aussitôt sa prise. Sous l'effort, ses muscles se mirent à trembler.

Cimon ne faisait pas attention aux spectateurs en délire qui l'acclamaient. Il ne voyait qu'Iskuros. Soudain, le géant gonfla le cou et se redressa. Ses mains écartèrent les jambes du jeune Athénien. Cimon réalisa trop tard son imprudence.

D'une main, le géant saisit ses chevilles, de l'autre, il le prit à la gorge. Cimon tenta de se dégager, mais Iskuros le tenait fermement. Cimon était comme paralysé. Il comprit qu'il allait mourir.

17

Iskuros souleva Cimon à bout de bras et le fit tourner au-dessus de sa tête. C'est ainsi qu'il avait brisé les reins de Polydamas.
Les spectateurs frémirent. Laïs laissa échapper un cri.
De toutes ses forces, Iskuros abattit Cimon vers son genou tendu. Mais, au lieu de lui rompre les vertèbres, au dernier moment il évita le geste mortel et aplatit le jeune Athénien sur le sable. Là, il le maintint sans effort.
– Abandonne ! exigea-t-il.
– Jamais ! dit Cimon dans un râle.
Iskuros commença à lui broyer le cou. Cimon ne pouvait plus respirer.
– Abandonne ! répéta le Thessalien.
Cimon refusa d'un signe. La main du géant serra plus fort. Le regard de Cimon se voila. Mille étoiles dansèrent devant ses yeux. « Qu'il en finisse vite ! » pria-t-il.

Mais, au lieu de lui briser le cou, Iskuros souleva soudain l'Athénien et le remit sur pied. Comme Cimon avait du mal à rester debout, Iskuros le soutint. « Pourquoi fait-il ça ? » s'étonna le jeune athlète en essayant de reprendre son souffle. Sa gorge était en feu, mais il était vivant.

Alors, Iskuros fit quelque chose d'incroyable : il saisit le bras de Cimon et le dressa vers le ciel. Il rendait ainsi hommage à son courage.

La foule en délire applaudit les deux lutteurs.

– Eh bien, tu ne salues pas ? demanda Iskuros en riant.

Cimon, qui reprenait ses esprits, regarda le géant avec stupeur. Il ne se moquait pas de lui. Il était rayonnant de bonheur. Les spectateurs saluaient autant sa générosité que la folle audace du jeune Athénien.

Les trois juges olympiques descendirent sur la piste pour féliciter les deux champions. Ils délibérèrent entre eux un bref moment. Lorsqu'ils eurent fini, le crieur leva le bras et annonça que le jury avait décidé de couronner les deux lutteurs.

Tandis qu'on ceignait d'un bandeau de pourpre le front des vainqueurs, la foule hurlait le nom d'Iskuros. Le géant se mit à danser de joie. Pour la première fois, on ne l'admirait pas seulement pour sa force et sa férocité. Il n'inspirait plus la terreur, il se sentait aimé.

Le Thessalien était un homme, certes, sauvage, mais derrière ses allures de brute il cachait un cœur d'enfant. « Dire que je l'ai cru coupable du meurtre de Démophon ! » songea Cimon avec émotion.

En guise de félicitations, le colosse lui assena une grande tape dans le dos, qui le projeta dans les bras des arbitres.

– Arrête ! supplia Cimon. Je préfère encore t'avoir pour adversaire que pour ami !

Iskuros s'étrangla de rire.

Cependant, Cimon s'étonna de voir tout le monde se précipiter sur lui pour le féliciter, excepté Thrasylos. Celui qui avait été son maître et son ami restait à l'écart, au milieu d'un groupe d'Athéniens. Leurs visages étaient sombres et ils discutaient tout bas avec passion.

Cimon s'approcha d'eux et demanda :

– Que se passe-t-il ?

Thrasylos posa ses deux mains sur les épaules du jeune champion.

– Pardonne-moi de ne pas avoir salué ta victoire, dit-il. Mais Ulysse est mort. On l'a assassiné !

18

Laïs avait assisté au triomphe de Cimon. Cette fois-ci, elle avait eu trop peur pour crier avec les autres. Son bonheur était tout intérieur.

Tandis que la foule chantait et que des cruches de vin, sorties d'on ne sait où, circulaient de main en main, elle se précipita vers la sortie pour rejoindre Cimon.

Du haut du stade, elle vit qu'au lieu de regagner la palestre, comme son adversaire, Cimon se dirigeait vers l'Altis en compagnie de Thrasylos. Elle s'élança à travers la forêt d'oliviers, dévala la pente et parvint au bas du talus.

De là, elle rejoignit l'enceinte sacrée. Mais, lorsqu'elle voulut franchir la porte du Sud, les gardes éléens la repoussèrent sans ménagement. Pourtant, une heure auparavant, en compagnie d'Ulysse, elle était entrée sans difficulté. Elle courut aussitôt à la porte des Processions. Là aussi, les gardes barraient le passage à la foule désordonnée qui se pressait tout autour.

– Que se passe-t-il ? demanda Laïs.

– Un meurtre a été commis dans l'enceinte sacrée, à ce qu'il paraît, expliqua une femme. C'est un terrible sacrilège !

Une sourde inquiétude s'empara de Laïs.

– Qui est la victime ? continua-t-elle à questionner la femme.

– Un jeune garçon, je crois, un Athénien.

« C'est Ulysse ! songea Laïs, saisie d'un sombre pressentiment. Je n'aurais pas dû l'abandonner. J'ai cru qu'il avait rêvé, mais il ne rêvait pas ! »

Elle longea le mur de l'Altis en direction du nord. Lorsqu'elle fut certaine que personne ne pourrait la voir, elle escalada l'enceinte. Elle savait ce qu'elle risquait si l'on découvrait sa présence : on l'accuserait certainement du meurtre. Au mieux, les gardes, en la fouillant, s'apercevraient qu'elle était une fille. Mais il fallait à tout prix qu'elle sache ce qui s'était passé.

Après avoir franchi le mur, elle atterrit dans le jardin sacré, près de l'endroit où ils avaient surpris le vieux jardinier. Elle le traversa en se cachant derrière les arbres.

Au pied du temple de Zeus, elle remarqua un attroupement. Elle reconnut Cimon et Thrasylos, en compagnie de nobles éléens et d'une dizaine de soldats. Ils entouraient un corps étendu à terre.

Comme elle s'avançait, un garde pointa sa lance vers elle.

– Je suis le frère de Cimon, dit-elle.
Cimon la dévisagea, surpris et mécontent.
– C'est mon frère, oui, confirma-t-il en l'attirant à l'écart.
Il lui serra le bras si fort qu'elle laissa échapper un gémissement de douleur.
– Tu es complètement folle de venir ici ! chuchota-t-il.
Elle le repoussa et s'avança vers les autres. Là, elle se pencha sur le corps de la victime. C'était bien Ulysse. Son visage était tout bleu et sa tête était inclinée sur son épaule, comme si on lui avait brisé le cou.
Laïs revint vers Cimon et murmura :
– J'étais avec lui. Il a vu l'assassin !
– Quel assassin ?
– Celui de Démophon. Nous l'avions démasqué, mais il s'est moqué de nous.
Elle raconta l'histoire du collier, l'apparition du mystérieux personnage masqué sur les bords de l'Alphée et leur rencontre avec le vieux jardinier.
– Mais alors, tu étais au stade ! s'exclama Cimon. Tu ne te rends pas compte que n'importe qui aurait pu te dénoncer ! Le meurtrier lui-même le fera. C'est le meilleur moyen de t'éliminer. Car, si ce que tu racontes est vrai, il va essayer de te tuer comme il a tué Ulysse et Démophon !
À ce moment-là, Thrasylos fonça sur les deux adolescents. Il avait entendu la fin de leur conversation et il fulminait.

– Qui es-tu ? demanda-t-il à Laïs d'une voix menaçante.
– C'est ma fiancée, avoua Cimon.
– Une fille ? explosa Thrasylos. Que fait-elle ici ?
– Elle veille sur Cimon, rétorqua Laïs sans se laisser intimider. Je connais l'assassin de Démophon, il rôdait par ici. Je l'ai suivi avec Ulysse, puis je suis retournée seule au stade. Je n'aurais jamais dû. Si j'étais restée avec Ulysse, il serait encore vivant.
– Le stade ? Tu veux dire que tu as pénétré dans le stade olympique ? s'étouffa Thrasylos. Malheureuse ! Tu sais ce que tu risques si jamais on découvre qui tu es ?
– La mort ne me fait pas peur ! déclara la jeune fille avec fierté.
Thrasylos serra les poings :
– Il ne s'agit pas seulement de toi. Nous serons tous arrêtés pour complicité, Cimon sera éliminé. Il aura mis sa vie en péril pour rien. Tu déshonores Athènes !
Laïs haussa les épaules.
– Je ne suis pas athénienne, dit-elle avec dédain, mais spartiate.
– Une Spartiate ! De mieux en mieux ! s'indigna Thrasylos. Tu vas me faire le plaisir de ficher le camp, et tout de suite ! Sinon, c'est moi qui te dénoncerai !
– Je ne partirai pas ! s'obstina Laïs. Cimon est en danger. Le meurtrier est encore ici. Je suis sûre

qu'il nous observe en ce moment même.
– Où est-il ? demanda Thrasylos.
– Je ne sais pas exactement, soupira Laïs. Il apparaît, puis disparaît mystérieusement. Pourtant il est reconnaissable : c'est une sorte de colosse au corps cassé en deux. Il porte autour du cou un collier de cuir et de métal.
Thrasylos fronça les sourcils :
– Un collier ?
– Quoi qu'il en soit, tu ne peux pas rester ici, décréta Cimon.
– Ni à Olympie, ajouta Thrasylos. C'est trop risqué. Pour toi et pour Cimon.
– Alors, qui veillera sur lui ? s'insurgea Laïs.
– Pas toi, en tout cas, grommela Thrasylos. Une fille ! On aura tout vu !
– Promets-moi de partir ! implora Cimon.
Laïs haussa les épaules :
– Comme tu voudras !
– Je te rejoindrai. C'est l'affaire de quelques jours, lui assura le jeune homme.
– J'ai déjà entendu ça ! Tu devais me retrouver à Sparte, non ?
– Cette fois, je te le jure devant Zeus, dit Cimon en se tournant vers la statue du dieu pour donner plus de poids à son serment.
Comme les gardes éléens s'approchaient d'eux, Thrasylos entraîna Laïs vers la porte des Processions.
– Écoute, dit-il. Tu iras à Nylos. C'est un petit

village d'Arcadie, à six heures de marche d'ici. Deux de mes hommes t'escorteront. Ils t'indiqueront le chemin. Cimon te rejoindra, il t'en a fait la promesse. S'il l'oublie, compte sur moi pour lui rafraîchir la mémoire !

Il fit signe à deux jeunes athlètes et leur expliqua à voix basse ce qu'il attendait d'eux. Pendant ce temps, Cimon rejoignit la jeune fille.

– À bientôt, mon amour, murmura-t-il avec émotion.

Laïs avait une folle envie de se jeter dans ses bras, mais les gardes avaient les yeux fixés sur eux. Si elle révélait sa féminité, elle entraînerait sa perte et celle de Cimon. Elle se résigna donc à quitter l'enceinte sacrée sans un geste de tendresse à l'égard de celui qu'elle aimait.

Tandis qu'elle franchissait la porte des Processions, encadrée par ses deux gardes du corps, elle ne remarqua pas un homme masqué, dissimulé derrière une colonne du temple. Il avait une stature imposante, et son regard était empreint de férocité.

Dès que la jeune Spartiate eut disparu, l'homme fit un long détour pour gagner la porte du Sud. Là, il sortit de l'enceinte et se mêla à la foule.

19

Laïs quitta Olympie le lendemain, au petit jour. Les deux athlètes qui veillaient sur elle l'accompagnèrent pendant une demi-heure, puis ils la laissèrent seule après lui avoir indiqué la route de Nylos.

Le chemin franchissait un fleuve sur un pont de pierre avant d'escalader le plateau d'Arcadie. La pente était raide, le soleil ardent, mais la jeune fille ne sentait ni la fatigue ni la chaleur. Devoir abandonner Cimon une fois de plus la désespérait. Elle se disait parfois qu'elle ne supporterait plus longtemps cette vie d'absence perpétuelle. Elle partirait et ne reviendrait plus jamais !

En traversant le plateau d'Arcadie, elle se retrouverait à Sparte, la patrie de ses ancêtres. Là, elle essaierait d'oublier Cimon, d'apprendre à vivre sans lui.

Mais, au fond de son cœur, elle savait très bien qu'elle ne pourrait jamais abandonner le jeune

Athénien. Elle l'aimait beaucoup trop. L'idée du danger qui le menaçait la terrifiait. Thrasylos avait promis de veiller sur lui, de le protéger. « On ne s'attaque pas à un champion olympique », avait-il assuré. Thrasylos était un brave homme, mais Laïs n'était pas tranquille : le meurtrier agissait comme un fou. Ne fallait-il pas avoir perdu la raison pour assassiner un adolescent, dans l'enceinte sacrée, au pied même du temple de Zeus ?

Elle s'arrêta un instant et contempla la plaine d'Olympie avec mélancolie. De l'endroit où elle se trouvait, on distinguait l'immense carré de l'Altis, ombragé et fleuri, entouré de monuments. Au-delà, on voyait le stade couronné de son bois d'oliviers et le vaste hippodrome où se disputaient les courses de chars.

Autour de l'enceinte sacrée s'étalait une ville formée de milliers de tentes. Celles-ci s'étiraient le long des deux fleuves : l'Alphée et le Kladéos, qui se rejoignaient un peu plus loin, avant de se jeter dans la mer.

Olympie s'éveillait ; un brouhaha confus s'élevait de la plaine. Tout à coup, un bruit plus distinct perça cette rumeur : c'était le galop d'un cheval. Laïs aperçut un cavalier qui montait le chemin. Elle s'effaça pour le laisser passer, mais, au lieu de continuer sa route, il retint sa monture. Comme tous les Grecs, le cavalier chevauchait sans selle. C'était un homme étrange, sec et brutal. Ses longs cheveux emmêlés et son regard brûlant lui

donnaient un air sauvage.
– C'est toi, Laïs ? demanda-t-il.
– C'est moi.
Il lui tendit un rouleau de papyrus et reprit le chemin d'Olympie sans ajouter un seul mot.
Intriguée, Laïs déplia le papyrus. Le message était de Cimon. « Mon amour, écrivait-il, j'ai besoin de toi. Viens me rejoindre à l'hippodrome. Je serai au premier rang, devant l'autel de Taraxippos. J'envoie un messager à ta recherche. Reviens vite. Il y va de notre vie à tous deux. Cimon. »
Ce message surprit la jeune fille. Cimon n'avait-il pas insisté pour lui faire quitter Olympie au plus vite ? Et maintenant il la rappelait ? N'était-ce pas un piège ? Mais son envie de rejoindre celui qu'elle aimait chassa son inquiétude. Elle se persuada que seul Cimon aurait pu écrire cette lettre d'amour.
Sans réfléchir plus longtemps, elle enfila sa tunique de lin et plaqua ses cheveux à l'aide de l'huile parfumée. À nouveau elle avait l'air d'un garçon. Elle s'élança aussitôt vers Olympie.
Lorsqu'elle atteignit l'hippodrome, la foule était déjà en place et les chars entraient sur la piste. C'étaient des quadriges. On les appelait ainsi parce qu'ils étaient tirés par quatre chevaux.
Laïs eut beaucoup de mal à se frayer un chemin à travers la foule. Lorsqu'elle eut atteint l'extrémité de l'hippodrome, elle demanda à un spectateur de lui indiquer l'autel de Taraxippos.

– Toi, petit, tu n'as pas peur du sang ! dit l'homme en la dévisageant avec curiosité.
– Pourquoi ?
– Parce que Taraxippos est un démon, expliqua l'homme. Il épouvante les chevaux et provoque des accidents. L'endroit est dangereux. Si j'étais toi, je resterais ici.
– Merci, mais j'ai rendez-vous là-bas.
– Avec la mort ! ricana l'homme.
Il en fallait davantage pour impressionner la jeune Spartiate. Elle se rendit à l'endroit indiqué et s'installa au premier rang. Là, elle regarda autour d'elle, mais ne vit pas Cimon. « Il va bientôt arriver », pensa-t-elle.
L'autel de Taraxippos s'élevait juste à côté. C'était un cube de pierre assez banal, sur lequel les cochers avaient déposé diverses offrandes pour apaiser la colère du démon.
De sa place, Laïs pouvait contempler l'hippodrome dans toute sa longueur : mille deux cents pieds de sable, dans lequel les roues creusaient de profondes ornières. À chacune de ses extrémités se dressait une borne de marbre.
Au centre de la piste s'élevait un talus étroit. Ce talus partageait la piste en deux parties. Les attelages devaient tourner autour des bornes et parcourir douze fois la distance avant l'arrivée.
La fièvre de la foule augmenta. Laïs, ballottée par la marée des spectateurs, comprit que la course allait commencer. Les dix chars étaient enfin alignés. Dès

que le signal du départ fut donné, la foule se mit à hurler. Les cochers firent claquer leurs fouets pour lancer leurs attelages. La ruée était effrayante. Les chevaux se mordaient sauvagement tout en galopant sous les coups des cochers.

Au premier virage, les chars qui occupaient l'extérieur de la piste furent déportés. L'un d'entre eux heurta le talus et projeta son cocher parmi les spectateurs.

Laïs avait reçu une giclée de sable. Elle s'essuya les yeux.

« Où est Cimon ? s'impatienta-t-elle. Il a dû lui arriver malheur ! » Elle se sentait mal à l'aise. Une voix secrète lui disait de quitter l'hippodrome, où rôdait sans doute l'assassin. Mais elle était comme un insecte fasciné par la flamme, incapable de détacher les yeux de ces chevaux fous.

Autour d'elle, les gens, excités par la sauvagerie de l'épreuve, criaient pour encourager leurs favoris.

Elle vit les chars qui revenaient après avoir négocié le virage opposé. Derrière elle, les spectateurs se bousculaient. « Ils ressemblent à ces chevaux déchaînés », pensa-t-elle en se retournant. Tout près, au milieu d'hommes qui tendaient le poing, elle remarqua une silhouette colossale, drapée dans un manteau blanc.

Le manteau s'écarta. En un éclair, Laïs distingua un collier de cuir. « C'est lui ! » s'affola-t-elle. Mais elle était comme paralysée, incapable de

faire le moindre geste ou de pousser un cri.
Elle sentit la main de l'assassin la projeter sur la piste, devant les chevaux furieux.

20

Le corps de Laïs heurta un char et rebondit sur le talus. Ce choc évita à la jeune Spartiate d'être piétinée par les sabots des chevaux.
En voyant l'adolescent précipité sur la piste, les spectateurs poussèrent un cri d'horreur. Captivés par la course, ils n'avaient pas remarqué la manœuvre de l'assassin. Après le passage des chars, ils se précipitèrent au secours de la victime et la transportèrent hors de l'hippodrome. Là, ils la confièrent aux gardes éléens.
À côté de l'hippodrome s'élevait l'officine d'un grand médecin. Tous les quatre ans, les sénateurs d'Élis l'invitaient pour soigner les athlètes des jeux olympiques. Les gardes lui confièrent le jeune blessé, puis ils se retirèrent.
Laïs resta longtemps sans connaissance. Quand elle se réveilla, elle ressentit de violentes douleurs à la tête. Elle avait des vertiges et du mal à respirer. Quelqu'un lui avait bandé la poitrine.

Dans un coin de la pièce où elle se trouvait, un homme chauve et barbu s'affairait. Laïs reconnut Hippocrate.

– Où suis-je ? demanda-t-elle.

– Chez moi, répondit Hippocrate.

– Mais pourquoi ?

– Tu es blessée, expliqua le médecin : une bosse derrière le crâne et deux côtes fêlées. Ce n'est pas bien méchant !

– On m'a poussée ! Les chars m'ont écrasée ! s'écria Laïs en recouvrant subitement la mémoire.

– L'accident n'est rien, mais il y a beaucoup plus grave ! fit remarquer le médecin d'un air soucieux.

– Plus grave ?

– Tu as désobéi à la loi d'Olympie, précisa Hippocrate.

« Il a dû me dénoncer », frémit la jeune fille sous le regard impitoyable du médecin.

– Je vais tout t'expliquer ! soupira-t-elle.

Hippocrate hocha la tête :

– Inutile ! Tu es la sœur de Cimon, ce jeune fou d'Athénien qui a défié les champions du pancrace. La folie est une maladie de famille, sans doute, chez vous ! Tu as voulu assister aux combats, puis tu as pris goût à l'aventure au point de braver la loi et de t'exposer au supplice. Ai-je bien résumé la situation ?

Laïs rougit violemment :

– À un détail près : je ne suis pas sa sœur !

Hippocrate éclata de rire :

– Je m'en doutais un peu ! Une Spartiate sœur d'un Athénien, on ne voit pas ça tous les jours !

Laïs rit à son tour avec soulagement. « Non, il n'a rien dit, il voulait seulement me faire peur », se dit-elle avec reconnaissance.

Elle se dépêcha de lui raconter son aventure : la mort de Démophon et celle d'Ulysse, la poursuite du mystérieux meurtrier, le secret du collier, le faux message qui l'avait attirée à l'hippodrome.

Hippocrate l'écouta sans l'interrompre. Quand elle eut fini, il appela l'un de ses aides et lui ordonna d'aller prévenir Cimon l'Athénien, en précisant que sa sœur l'attendait.

– Tu sais où est Cimon ? s'étonna Laïs.

– Dans la loge d'honneur, je suppose, comme tous les autres champions olympiques, répondit Hippocrate.

L'aide d'Hippocrate se rendit aussitôt à l'hippodrome. Lorsqu'il arriva, on venait de couronner le vainqueur de la course. C'était le propriétaire des chevaux, et non le cocher, qui récoltait tous les honneurs. Le public s'écoulait vers la sortie en commentant l'épreuve.

L'homme remonta le flot des spectateurs. Parvenu au bord de la tribune, il se fit indiquer le jeune champion et s'approcha de lui.

– Que veux-tu ? demanda Cimon.

– Ta sœur t'attend.

– Ta sœur ? Je la croyais loin d'ici ! s'exclama Thrasylos en rejoignant Cimon.

Le jeune Athénien pâlit :
– Où est-elle ?
– Chez mon maître, Hippocrate. Elle est blessée.
– Blessée ? Conduis-moi, vite !
Escorté de Thrasylos, il se rendit chez Hippocrate. Tout en courant, il se reprochait amèrement d'avoir chassé Laïs d'Olympie. « J'aurais dû veiller sur elle ! » songeait-il.
En la voyant étendue, toute pâle, la poitrine bandée, il s'écria :
– Qui t'a fait ça ?
Hippocrate congédia son aide avant de répondre :
– Rassurez-vous, elle n'a rien de grave… excepté une étrange maladie qui fait d'elle tantôt une fille, et tantôt un garçon.
– Ainsi, il a fallu que tu reviennes ! s'emporta Thrasylos. Ah ! les filles ! Aussi têtues que des chèvres ! Tu avais pourtant juré…
– J'ai reçu ce message, expliqua Laïs en tirant de sa tunique, jetée sur le lit, le papyrus qui la priait de se rendre d'urgence à l'hippodrome.
– Cette lettre n'est pas de moi ! s'écria Cimon.
– Je le sais bien, soupira Laïs. C'était un piège. Avant de tomber sur la piste, j'ai vu celui qui m'a poussée. C'était le mystérieux colosse au collier de cuir, le meurtrier d'Ulysse et de Démophon.
– Encore lui, ce démon ! rugit Thrasylos. Si je savais où le trouver, je le réduirais en miettes !
– Moi, je sais, dit Hippocrate. J'avais promis à Laïs de me renseigner sur lui. J'ai découvert deux

hommes répondant à ce signalement : un vieillard qui s'occupe du jardin de Zeus, et un autre, plus jeune. Ce dernier est une curiosité de la nature. À la suite d'une grave blessure, son corps est devenu difforme, tordu comme un arbre malmené par le vent. Pour le redresser, de misérables médecins, des charlatans plutôt, l'ont attaché par les pieds et lâché du haut d'une tour. À la suite de ce traitement barbare, ses infirmités se sont aggravées. Son corps est tout désarticulé. Il vit emprisonné dans des cercles de cuir : colliers, corsets, ceintures.

– C'est étrange, fit remarquer Laïs. Le vieux jardinier portait un collier semblable à celui de l'autre !

– Le jardinier est gâteux, dit Hippocrate. L'autre a dû lui donner l'un de ses colliers pour vous tromper. Il en possède plusieurs. Il y a six mois, les prêtres de Zeus l'ont recueilli. Il demeure dans le grand temple. Son rôle consiste à nettoyer l'autel du sacrifice. Il se nomme Horkis.

– Horkis ! s'exclama Thrasylos.

L'entraîneur se rua soudain hors de la pièce, sans un mot pour ses compagnons, médusés.

21

– Où va-t-il ? s'étonna Laïs en voyant Thrasylos quitter les lieux comme si la maison était en feu.
Cimon haussa les épaules :
– Je l'ignore !
Il se tourna vers Hippocrate.
– Maître, dit-il, je sais que les lois d'Olympie sont impitoyables. Mais Laïs n'a pénétré dans les lieux interdits que pour me protéger. Il ne faut pas la dénoncer.
D'un geste, Hippocrate l'empêcha de poursuivre :
– Vous n'avez rien à craindre de moi. Le rôle d'un médecin est de préserver la vie de ses patients, pas de les envoyer à la mort. D'autre part, il est tenu au secret.
À cet instant, la porte claqua et une forme voilée de blanc fit irruption dans la pièce. Elle était suivie par Thrasylos, qui tenait son bras tordu derrière son dos.
– C'est lui ! s'écria Laïs.

– Le meurtrier, oui ! gronda Thrasylos. Il rôdait encore par là.

– Un prêtre de Zeus ! s'exclama Cimon en voyant le long manteau blanc du prisonnier.

– Ce n'est pas un prêtre, mais un lutteur, rectifia Thrasylos en dévoilant brusquement le visage de l'homme.

Ils aperçurent le large collier de cuir, armé de cuivre.

– C'est vrai, j'ai été lutteur, confirma Horkis d'un air de défi. J'aurais pu devenir champion olympique.

– Oui, mais voilà, sur ta route il y avait Démophon ! dit Thrasylos. Je me rappelle très bien : il t'a battu à l'épreuve de pancrace des derniers jeux olympiques.

– La lutte n'était pas loyale ! cria Horkis d'un ton haineux. Démophon m'a attaqué avant le début du combat !

– C'est ce que tu prétends, mais ce n'est pas l'avis des arbitres ! rétorqua l'entraîneur.

– Le traître a fait de moi un monstre ! hurla Horkis. Mais j'ai enfin eu ma revanche. Cet idiot avait pitié de moi. Je l'ai attiré hors de l'Altis et je l'ai attaqué lâchement, moi aussi, avant le début du combat !

Il éclata d'un rire démentiel. Thrasylos le courba violemment vers le sol.

– Et ces enfants innocents : Ulysse, Laïs, tu les as agressés, eux aussi, par traîtrise !

– Ils avaient découvert mon secret, gémit Horkis. Je voulais leur faire peur, pas les tuer.
– En leur brisant le cou ! gronda Thrasylos, impitoyable.
De grosses larmes roulèrent sur le visage d'Horkis.
– Sais-tu ce que tu risques pour avoir rompu la trêve olympique et tué quelqu'un dans l'enceinte sacrée ? demanda Hippocrate d'un ton sévère.
– Oui, gémit Horkis. Mais je n'ai pas peur de la mort : elle me délivrera de mon corps horrible et de toutes les souffrances que j'endure chaque jour.
– Pauvre créature ! soupira Laïs.
– Ne pourrait-on pas le chasser d'ici ? suggéra Cimon.
– Tu oublies Démophon et Ulysse ! s'emporta Thrasylos. Cet homme est sans pitié. Son chagrin n'est qu'une comédie. D'autre part, ce n'est pas à nous, mais aux Éléens de décider de son sort.
– Alors je vais mourir, conclut Horkis. Réjouissez-vous de votre belle justice !
Thrasylos l'emmena. Ils entendirent résonner longtemps le rire du fou, entrecoupé de sanglots.

22

Trois semaines s'étaient écoulées depuis l'arrestation d'Horkis et son emprisonnement.

Laïs attendait Cimon. Ils résidaient dans une maison mise à leur disposition par le père d'Asimos. C'était une petite ferme construite sur le flanc d'une colline, depuis laquelle on apercevait la plaine d'Olympie.

La plupart des étrangers étaient rentrés chez eux. Durant le mois qui suivait les jeux olympiques, ils pouvaient voyager en toute sécurité. Mais, ensuite, dès la fin de la trêve, les brigands n'hésitaient pas à dévaliser les voyageurs attardés.

Dans la plaine, les tentes avaient disparu. Le paysage, baigné d'une lumière dorée, avait retrouvé sa tranquillité.

Durant ces trois semaines, Laïs était restée seule la plupart du temps, car Cimon avait dû assister aux fêtes, aux banquets et aux célébrations religieuses réservés aux champions olympiques. Aux yeux de

tous, mais surtout des Athéniens, Cimon était un véritable héros, une légende vivante.
Laïs était fière de lui, et impatiente de le retrouver et de l'aimer en liberté. Pour ce bonheur-là, elle était prête à tout, même à revenir avec lui à Athènes.
Pourtant, elle détestait cette cité orgueilleuse qui avait dévasté sa patrie, massacré sa famille et l'avait réduite à l'esclavage. Mais sa passion pour Cimon était plus forte que sa honte et que sa haine.
« Tu ne seras plus jamais esclave, lui avait assuré Cimon. Désormais, tu vivras sous ma protection. À Athènes, un champion olympique est aussi puissant qu'une armée ! »
Elle avait ri.
Maintenant, elle attendait Cimon qui devait rentrer après les dernières cérémonies. Ils prendraient la route le lendemain.
Croyant l'entendre arriver, elle sortit de la ferme pour courir à sa rencontre. La terrasse était couverte d'une vigne vierge et d'une glycine entrelacées. Au-delà s'étendait un petit verger : quelques pommiers et six amandiers dominés par un énorme platane centenaire.
– Cimon ? appela-t-elle.
Au son de sa voix, un homme surgit de derrière le platane. Il avait un corps puissant et arborait un sourire méchant. Un bandeau de cuir noir recouvrait son œil droit.
– Arkhanos ! s'écria Laïs, stupéfaite.

– Eh oui, c’est ton maître bien-aimé ! ricana Arkhanos. Tu vois comme on se retrouve. En t’apercevant l’autre jour au milieu de la foule, d’abord, j’ai cru rêver. Ainsi, tu n’es pas morte dans les mines d’argent ! Tu t’es enfuie du Laurion ! Remarque, je n’en suis pas fâché. Au contraire : je m’en réjouis.

Laïs regardait, hypnotisée, l’Athénien qui s’avançait vers elle. Elle avait été son esclave. C’était un maître brutal, vicieux, cruel. Il portait encore sous son bandeau la marque de sa révolte : un jour qu’il la battait, elle lui avait crevé un œil d’un coup de couteau.

– Oui, c’est mieux ainsi ! grinça-t-il en tirant de sa ceinture un poignard.

Laïs voulut fuir, mais il la saisit par les cheveux et la courba vers le sol.

– À genoux devant ton maître ! hurla-t-il.

Il brandit son arme pour la poignarder dans le dos.

23

Avant qu'Arkhanos ait pu frapper sa victime, un coup l'envoya rouler sur le sol.
Laïs se releva aussitôt et découvrit ses sauveurs : Cimon et Thrasylos. C'était Cimon qui avait frappé Arkhanos.
– Sais-tu qui je suis ? gronda ce dernier en se redressant.
– Oui, tu es un lâche ! répliqua l'adolescent.
Arkhanos blêmit sous l'insulte. À Athènes, il était un personnage riche et puissant. Il se montrait souvent impitoyable à l'égard de ses adversaires, mais on ne l'avait jamais accusé de manquer de courage.
Il pointa vers Cimon le poignard, qu'il n'avait pas lâché. Il haïssait Alcibiade et reportait cette haine sur son neveu.
– Jette ton arme ! cria Thrasylos.
Mais la fureur d'Arkhanos était si grande qu'il n'entendait rien. Il porta un coup fulgurant. Sans

la vivacité du jeune lutteur, sa lame lui aurait percé le cœur. Elle ne fit que lui frôler le bras, qu'elle entailla légèrement.

Au bruit de la querelle, un groupe de voisins était accouru.

– Allez vite chercher les gardes ! commanda un fermier.

Deux jeunes garçons s'élancèrent vers Olympie.

Pendant ce temps, Arkhanos porta une nouvelle attaque. Il avait servi longtemps dans l'armée athénienne et il savait se battre. De son poignard il effleura la hanche de Cimon. Cette fois-ci, le jeune lutteur écrasa son poing sur la mâchoire d'Arkhanos.

– Joli coup ! apprécia l'un des paysans.

Ils avaient reconnu le champion et prenaient son parti.

Humilié, Arkhanos perdit toute prudence. Il se jeta sur son adversaire. Cimon fit un écart et le frappa du coude à la nuque. Arkhanos vacilla et s'abattit sur le sol, face contre terre. Son corps fut agité de soubresauts, puis il s'immobilisa. Cimon se précipita aussitôt vers Laïs.

– Tu n'es pas blessée ? demanda-t-il en la serrant dans ses bras.

Au lieu de répondre à la tendresse de celui qu'elle aimait, la jeune fille resta figée. Les yeux agrandis, elle contemplait quelque chose par-dessus l'épaule de son compagnon. Cimon se retourna. Il vit Arkhanos, que les paysans avait redressé : sa tête pendait sur sa poitrine et ses yeux étaient morts. Dans sa chute, il était tombé sur son propre poignard, qui lui avait traversé le cœur. Des gardes éléens, qui avaient aperçu de loin la scène, accouraient déjà.

– Vite ! Tu dois partir, murmura Cimon en repoussant Laïs.

– Partir ? Pourquoi ? Je n'ai rien fait ! s'insurgea la jeune Spartiate.

– Il ne s'agit pas d'Arkhanos, expliqua Thrasylos, mais de ta présence dans l'Altis durant les jeux. Horkis t'a accusée. Il a trouvé des témoins, des prêtres de Zeus, paraît-il.

– Nous venions te prévenir, dit Cimon. Je comptais t'emmener dès aujourd'hui. Mais maintenant c'est impossible, car la trêve sacrée a été rompue par la mort d'Arkhanos. Je dois rester.

– Ce n'est pas toi qui as rompu la trêve, c'est cette brute ! se révolta Laïs.

– C'est pour ça que je ne cours aucun danger. Toi, par contre, tu risques ta vie, dit Cimon.

Il s'adressa à Thrasylos :

– Conduis-la à Athènes et veille sur elle. Dans quelques jours, je vous rejoindrai.

Laïs restait immobile, accablée. Tous ses espoirs, tous ses rêves s'écroulaient. D'un geste plein de douceur, Cimon essuya ses larmes, puis il l'embrassa tendrement.

Il la regarda partir, le cœur serré.

Une fois encore, le destin s'acharnait à les séparer.

Mais Cimon était prêt à lutter pour retrouver sa bien-aimée avec la même énergie et le même courage que ceux qui lui avaient permis de triompher à Olympie.

FIN

Avis aux lecteurs

Si tu veux poser des questions aux auteurs d'ATHÉNA, écris sans attendre à

Bayard Éditions
Série ATHÉNA
3/5, rue Bayard
75008 Paris

Tu auras une réponse.

Cimon parviendra-t-il
à prouver son innocence
et à rejoindre sa bien-aimée ?

La jeune Spartiate
sera-t-elle vraiment en sécurité,
seule parmi les Athéniens ?

Procure-toi vite

LE MASQUE DE LA PEUR

la suite des aventures d'ATHÉNA
(en vente chez ton libraire
à partir du 25 avril 2000).

Tu as aimé les aventures de

ATHÉNA

Découvre ces quelques pages de

LE MASQUE DE LA PEUR

...

Pendant plusieurs jours, les archers de la police fouillèrent la ville à la recherche de Laïs. Mais la jeune fille restait introuvable. Les interrogatoires étaient difficiles, car Athènes était surpeuplée. Après l'invasion de la région par les Spartiates, une grande partie des habitants du pays avait trouvé refuge à l'intérieur de ses murs. Ils campaient sous des abris misérables, le long de la route du Pirée. Certains s'entassaient dans les maisons abandonnées, d'autres occupaient les grottes de Koïlé, le quartier le plus pauvre de la ville.
Comme les Spartiates avaient dévasté la campagne et surveillaient toutes les routes terrestres, la nourriture était devenue rare. Grâce à sa flotte, Athènes

régnait encore sur les mers, mais la plupart des convois en provenance des terres à blé, l'Afrique et la Thrace, étant d'habitude assurés par une partie de la flotte de guerre, ils ne pouvaient plus faire les approvisionnements.
L'huile d'olive avait pratiquement disparu, la viande était réservée aux sacrifices religieux. Seuls restaient le poisson séché et les galettes d'orge, mais les meilleurs morceaux se retrouvaient dans l'écuelle des soldats.
Les Athéniens avaient faim.
Survenue au milieu de cette misère, la disparition de Laïs semblait sans importance pour les archers. « Trente personnes disparaissent chaque jour ! » avait grommelé leur chef en haussant les épaules.
Cimon avait beau être un champion olympique, le policier trouvait exagéré d'affecter ses hommes à la recherche d'une ancienne esclave.
Ils avaient donc rapidement décidé d'abandonner cette tâche. « Cette fille est morte ! » avaient-ils décrété. C'était aussi l'opinion de Thrasylos, même s'il n'osait pas la formuler devant Cimon.
Le soir du quatrième jour de recherches épuisantes, l'entraîneur posa ses mains sur les épaules de Cimon en soupirant :
– On ne peut plus rien !
Cette résignation révolta Cimon. Il se dégagea avec

violence.
– Je retrouverai Laïs ! Et, pour cela, je n'ai besoin de personne, dit-il d'une voix dure.
– Comment feras-tu ? demanda Thrasylos, découragé.
Cimon partit d'un rire amer :
– Je sais qui est responsable de tout ça : l'enlèvement, l'incendie.
– Qui ? s'écria Thrasylos.
– Les deux fils d'Arkhanos, le marchand ! grinça Cimon.
Thrasylos ouvrit de grands yeux. Il n'avait pas songé à eux. Pourtant il dut reconnaître qu'ils avaient une bonne raison de se venger : pour eux, Cimon était le meurtrier de leur père, l'ancien maître de Laïs. En réalité, Arkhanos était responsable de sa propre mort. À Olympie, il avait attaqué Cimon par traîtrise, et il était mort par accident, en tombant sur son propre poignard. Le jeune Athénien n'avait fait que défendre sa vie.
– Tu crois vraiment qu'ils ont voulu se venger ? demanda Thrasylos.
– Je le sens, dit Cimon. Personne à part eux ne connaissait Laïs. Elle était leur esclave, autrefois. Souviens-toi, elle s'est révoltée contre le père et l'a blessé au visage. C'est pour se venger que celui-ci nous a attaqués à Olympie. Pour eux, elle porte la

responsabilité de sa mort. Ils l'ont enlevée, j'en suis sûr ! Mais je suis persuadé qu'elle est encore vivante. Ne me demande pas pourquoi ; je le sais. Elle a besoin de moi, elle m'attend quelque part, dans cette cité. Et je la trouverai ! Au besoin, je démolirai les maisons une à une !

Thrasylos secoua la tête d'un air désapprobateur. Il comprenait la colère de Cimon, mais il ne partageait pas ses soupçons.

– Réfléchis bien, dit-il. Tu n'as aucune preuve de ce que tu avances. Les chefs d'Athènes t'aiment bien, mais sans preuve, ils ne pourront pas t'aider.

– Je me passerai de leurs services, répliqua Cimon. J'agirai seul.

– Méfie-toi, dit encore Thrasylos. La famille d'Arkhanos est très puissante. L'un des dix nouveaux commissaires de la cité est leur parent. Ils te feront arrêter.

– C'est ce que nous verrons ! grogna Cimon.

Le soir même, il alla rôder autour de la demeure d'Arkhanos, une vaste maison ouvrant sur la rue des Trépieds. En la voyant, on devinait que les Arkhanos étaient l'une des plus riches familles d'Athènes.

On était en novembre, et la nuit tombait de bonne heure. Comme l'huile était rare, la plupart des lampes avaient été éteintes par souci d'économie, et les rues étaient plongées dans les ténèbres.

Cimon tourna autour de la grande maison, espérant découvrir une trace de Laïs ou surprendre une conversation qui l'aurait mis sur la piste de la jeune fille. En cherchant dans l'obscurité, il découvrit une échelle, qui lui permit d'atteindre le toit en terrasse. En été, les Athéniens dormaient là, à la belle étoile, pour profiter de la fraîcheur. Mais à présent il faisait froid, la terrasse était vide. Les Arkhanos n'avaient pas besoin de faire garder leur maison, car celle-ci était pleine d'armes et de serviteurs. Personne n'aurait pris le risque de les voler.
Soudain, Cimon perçut une présence sur la terrasse qu'il avait crue déserte. Quelqu'un était là, caché dans l'ombre. Il s'immobilisa et resta aux aguets. Tout était silencieux.
« J'ai rêvé », se dit-il.
Au centre de la terrasse, il aperçut un escalier qui permettait d'accéder à l'intérieur de la maison. Cimon allait s'en approcher lorsqu'un bruit l'arrêta : deux hommes montaient vers lui en discutant. Cimon retourna prudemment jusqu'à l'échelle et se dissimula contre le mur pour écouter.
Les deux hommes parurent sur la terrasse. À leurs voix on devinait qu'ils étaient jeunes.
– Elle t'a parlé ? demanda l'un.
– Pas encore, mais elle le fera bientôt, assura l'autre.

EXTRAIT

« Il s'agit sûrement de Laïs », songea Cimon, soulagé. Il se préparait à écouter la suite, quand il vit quelqu'un se faufiler dans l'ombre jusqu'aux jeunes gens. Le mystérieux personnage bondit sur l'un d'eux et le frappa violemment. Celui-ci poussa un cri et s'effondra. Stupéfait, Cimon eut à peine le temps de voir l'agresseur disparaître sur les terrasses voisines, aussi vite qu'il était apparu.

Le compagnon de la victime se mit à crier pour réveiller la maison. Aussitôt, les serviteurs jaillirent dans la rue. Cimon dégringola le long de l'échelle et prit la fuite.

– Là, vite ! Il s'enfuit ! cria quelqu'un.

Une meute de serviteurs se rua à sa poursuite.
Cimon, qui était un excellent coureur, n'eut aucune peine à semer ses poursuivants dans l'obscurité qui régnait dans les rues d'Athènes.
Lorsqu'il pénétra dans la maison de Thrasylos, tout le monde dormait. Il se coucha en silence et s'endormit à son tour. Le matin, il fut réveillé par des éclats de voix. C'étaient de jeunes lutteurs, élèves de Thrasylos. En les écoutant, il comprit qu'ils parlaient du drame auquel il avait assisté. Il gagna la pièce où ils étaient réunis.
– On a poignardé l'un des fils d'Arkhanos ! s'écria l'un des athlètes en le voyant entrer.
– Il s'agit de Taras, le plus jeune et le plus gentil des deux, fit remarquer un autre.

En feignant l'indifférence, Cimon salua les huit athlètes qui se pressaient autour de Thrasylos. Il avait connu la plupart d'entre eux à Olympie et il les aimait bien. Cependant il sentait sur lui leurs regards soupçonneux. On aurait dit qu'ils attendaient de sa part une confidence, mais Cimon n'était pas décidé à leur raconter l'événement de la veille.
– Où étais-tu hier soir ? demanda Thrasylos. Je t'ai cherché.
– Quand cela ? demanda Cimon d'une voix faussement innocente
– À l'heure où Taras a été blessé, précisa Thrasylos en plissant les yeux. C'est important, tu sais. La police risque de nous interroger.
– Je suis allé faire un tour sur le port. Je voulais réfléchir.
– Vraiment ? insista l'entraîneur, qui devinait le mensonge.
Cimon ne répondit pas. Il sortit dans la rue, excédé par le ton suspicieux de son ami. Il entendit encore Thrasylos crier :
– Tu n'as aucune preuve, Cimon ! Ne te laisse pas emporter par la colère !
« De toute façon, je saurai bientôt la vérité », se jura le jeune homme.
Une question l'obsédait : qui était ce mystérieux agresseur ? Arkhanos et sa famille devaient avoir

beaucoup d'ennemis. Beaucoup d'amis aussi !
Il songea avec tristesse que lui-même n'avait pas un seul ami véritable. Il était un héros, toute la ville l'honorait, mais il ne pouvait compter vraiment sur personne. Même ceux qu'il croyait être ses amis, comme Thrasylos, n'avaient pas confiance en lui.
Il se mit à marcher au hasard dans les rues. Il avait faim, mais il ne possédait plus rien, même pas de quoi acheter une galette d'orge. Depuis plusieurs jours, il vivait de la charité des uns et des autres. Il ressemblait presque aux misérables réfugiés qui le regardaient passer, le visage creusé par la fatigue et la faim.
Perdu dans ses pensées amères, il entendit une voix l'interpeller joyeusement. Il se retourna, un peu contrarié d'être tiré de sa solitude. Son expression s'adoucit quand il vit accourir vers lui quelqu'un qu'il connaissait bien, un singulier personnage au corps long et maigre, surmonté d'une tête chauve. C'était Aristophane, le grand poète, l'un des hommes les plus drôles d'Athènes. Ses comédies étaient célèbres dans la Grèce entière. On disait qu'elles étaient si hilarantes que certains spectateurs s'étranglaient et mouraient de rire pendant leur représentation.
Cimon l'avait connu jadis chez son oncle, Alcibiade. Ils s'étaient vite liés d'amitié.

– Alors, beau militaire, dit Aristophane en le serrant dans ses bras. On raconte que tu mets le feu à la ville pour fêter ton retour ?
« Quel âge a-t-il ? se demanda Cimon. Trente ans ? Quarante ? » Il aurait été incapable de répondre. L'homme paraissait vieux, mais son rire était celui d'un adolescent.
– Tu es très occupé ? ajouta plus sérieusement le poète.
– Non, répondit Cimon, surpris.
– Tu vas venir avec moi, décida Aristophane.
– Où ça ?
– Au théâtre, dit Aristophane. J'ai besoin d'un soldat.
– Un soldat ? Pour quoi faire ? s'étonna Cimon.
– Pour me conseiller, expliqua Aristophane en entraînant le jeune Athénien. J'ai écrit une pièce qui doit être représentée dans deux mois, au cours des Lénéennes, les fêtes en l'honneur de Dionysos. Elle s'intitule *Lysistrata*.
– C'est une nouvelle comédie ? demanda Cimon.
Aristophane sourit :
– Oui, une comédie sur la guerre.
Cimon le regarda, stupéfait. Comment pouvait-on plaisanter à propos de la guerre ? Les Athéniens se battaient depuis deux ans. Les soldats souffraient, les gens mouraient de faim. Et Aristophane trouvait ça drôle ?

Le poète montra les réfugiés couchés à terre devant des maisons surpeuplées :
– Je sais ce que tu as en tête ! Mais regarde ces pauvres gens : ils ont faim et froid. Ils ont besoin de pain. Ils ont surtout besoin de paix, besoin d'espoir. Je vais leur en donner. Le rire est le meilleur remède pour guérir le malheur.
Son visage rayonnait :
– L'héroïne de ma pièce, Lysistrata, est une jeune femme. Elle a imaginé un bon moyen de mettre fin à la guerre.
– Ah oui ? Et lequel ? demanda Cimon.
– Elle décrète la grève.
– La grève ?
– La grève de l'amour, précisa Aristophane. Avec d'autres femmes, ses complices de toutes les cités grecques, elles ont décidé de repousser leurs époux tant que la paix ne serait pas signée.
– Et que font les hommes ? demanda Cimon.
– Comme d'habitude : ils crient, ils menacent, ils tentent de reprendre par la force l'Acropole et le trésor d'Athènes, détenus par les femmes, mais ils n'y arrivent pas. Et, comme on peut se passer de guerre, mais pas de femmes, ils finissent par capituler et par signer la paix.
– Et l'archonte a accepté une telle comédie ? s'étonna Cimon.

Aucune pièce, il le savait, ne pouvait être jouée sans l'accord de l'archonte, l'un des chefs de la cité.
– L'archonte Callias est un homme intelligent, dit Aristophane. C'est aussi un homme juste. Viens avec moi, tu vas voir.
Cimon suivit le poète sans enthousiasme. Il avait autre chose à faire. Mais pouvait-il lui faire l'affront de refuser ?
Ils atteignirent une espèce d'entrepôt en bois, situé derrière l'ancien rempart, sur le chemin du Pirée.
– C'est ça, ton théâtre ? demanda Cimon.
– Ma salle de répétitions, rectifia Aristophane.
Ils entrèrent dans l'entrepôt. Le sol était en terre battue. Des toiles pendues au plafond divisaient l'espace en plusieurs parties. C'étaient d'anciennes voiles de navire, décolorées et usées par la mer.
– Je vous présente Cimon, le neveu d'Alcibiade ! clama Aristophane en entrant.
– Le vainqueur d'Olympie ? demanda quelqu'un.
Toute la troupe d'Aristophane se pressait autour de Cimon.
– Tout cela à la fois, confirma Aristophane. Je l'ai engagé tout à l'heure. Il veillera sur le théâtre, protégera nos précieux masques, empêchera les vautours de piller nos provisions, éloignera les jaloux et découragera les mauvais esprits.
Cimon dévisagea Aristophane d'un air stupéfait. Il

n'avait jamais été question d'un tel emploi dans ce que lui avait proposé le poète.

– Si tu es d'accord, bien entendu, ajouta Aristophane avec un sourire innocent.

– Il pourrait peut-être aussi remplacer Antiphos, suggéra l'un des acteurs.

– Qu'est-ce qui lui est arrivé à celui-là, encore ? demanda Aristophane.

– Il s'est cassé le pied.

– En tombant de l'Olympe ?

– Non, en tombant de son lit.

– Bien fait pour lui ! jubilait Aristophane. À force de casser les pieds des autres, il a été puni par Dionysos.

– Pourquoi ne pas imaginer un nouveau personnage, un boiteux ? proposa un acteur. Comme ça, on pourrait garder Antiphos.

– Pas de boiteux dans ma pièce ! décréta Aristophane. J'ai bien assez de trente manchots !

– Hou ! Hou ! cria la troupe.

– Alors, tu veux devenir acteur ? demanda Aristophane à Cimon sans se soucier des huées.

– Jouez sans moi, je me battrai pour vous, dit Cimon, qui aussitôt regretta ses paroles.

Pourquoi avait-il accepté ? Quelle idée insensée ! Il devait retrouver Laïs : cela seul comptait. Qu'avait-il à faire des problèmes du poète ?

EXTRAIT

– Alors, bienvenue au pays des fous ! s'exclama Aristophane en serrant l'adolescent dans ses bras. Cimon, gêné, se laissa embrasser. Après tout, il n'avait nulle part où aller. Il n'avait plus de maison, plus d'argent. Ici au moins personne ne chercherait à lui nuire. Et puis, il trouverait certainement le temps de chercher Laïs ! Cette mauvaise idée était peut-être une aubaine.

Impression réalisée sur CAMERON
par BRODARD ET TAUPIN
La Flèche
en février 2000

Imprimé en France
Dépôt légal : février 2000
N° d'Éditeur : 6027 – N° d'impression : 1906X